U0600999

文治
© wénzhì books

夫人是疯狂的水果

［日］柚木麻子 —— 著

胡静 —— 译

四川文艺出版社

目 录

开裂的西瓜

西瓜のわれめ

已经 30 岁的初美没办法将不会喝酒当作借口了，但当她喝下
羽生赞不绝口的西瓜味 salty dog（咸味鸡尾酒）时，喉咙深处产
生的那种清爽的滋味让她止不住地一杯又一杯地喝了起来。或许
是因为初美从事编辑工作的丈夫是少有的不善喝酒的人，导致婚
后的初美也没多少喝酒的机会，所以她这会儿才会觉得鸡尾酒如
此可口吧。

"还真是西瓜味的啊！好怀念啊。咸味真是爽口，我一口气喝
了好几杯呢！"

八月末，初美今年第一次吃到西瓜。岩盐在盛满淡红色鸡尾
酒的细长玻璃杯边缘，如小粒钻石般闪着光。日本桥的老字号酒
吧里，在配合酒吧氛围的昏黄灯光下，咸味引发的微甜味道让初
美一下子想起了学生时代的暑假作业、沙滩、蚊香，以及傍晚时

电视机里重播的动画片。这家店的 salty dog 因为是使用当季水果制成而闻名，柜台上的几只玻璃器皿中堆满了小山一样的水果，微暗的酒吧里甜香浮动。明明是周五的夜晚，酒吧里却只有初美和羽生两个人。

"由于各种原因，我俩已经 3 个多礼拜都没亲热过了。就算是我提出来，她也总是拒绝。不是她要睡时我起床了，就是我睡了她起床了。好不容易我俩都有感觉了，结果我女儿又醒了。"

也许是因为此时的羽生整个人都已经昏昏沉沉了，所以他才会满不在乎地说这种平时绝不会说出口的话题。作为首饰设计师的初美平时几乎是不与外人接触的，因此，她觉得像这样与和蔼可亲的男同学并排坐在吧台前聊天很是新鲜。今天也是她丈夫的校对截止日，他不到明天是回不来的，初美根本不用做晚饭，所以她只想着喝过瘾了再回去。

"大学附属医院的护士工作很辛苦呢，还要接送上幼儿园的女儿，光是想想就觉得好累啊！我可真是太佩服你老婆了，羽生。"

初美想起了羽生手机的待机画面，里面那个美女抱着一个与羽生十分相似的小女孩。羽生的太太肤色浅黑，长着双眼皮的一双眼睛炯炯有神，眼神中透着干练。

"初美初美，啊，现在要叫你岛村太太了吧。你没要孩子吗？"

"还是叫我初美吧。我倒是挺像是我老公的孩子的。算了，总有一天我们会想要孩子吧。"

初美沮丧地想，要是让羽生知道自己的丈夫叫她"小初"，而且她还坐在丈夫的膝盖上撒娇，他对她的印象一定会大打折扣吧。

可能是因为有了必须要守护的人，羽生看上去远比自己成熟。想着曾经的伙伴里还有人已经生了孩子，初美不知不觉又喝光了一杯。

"你老公多大了？"

"下个月就 35 周岁了，他大我 5 岁。"

初美与羽生只不过是大学时做过同一个研讨组的组员，因此初美并没有受邀参加羽生的婚礼，初美办婚礼时也没有邀请羽生参加。初美之所以会和大学毕业后就没再想起过的羽生一起喝酒，是因为上周在她开个展的画廊所在地——京桥大厦，初美偶然间遇到了在这栋大厦二楼的会计师事务所工作的羽生。虽然羽生比学生时代稍胖了些，但是他乌黑瞳仁中的亲热眸光与"へ"字唇形并没有变，他有着一张娃娃脸和纤弱的身体，却非常适合穿西装。

"唉——，我俩已经很久没有亲热过了，你们才 3 个礼拜算什么啊！"

初美还是第一次对别人说起这件事，她之所以将这件事告诉羽生，或许是因为她喝醉了，但更多的还是因为羽生以后也不可能认识自己的丈夫，所以她很放心。

"我们得有 3 个月，不对，是 4 个月没亲热过了吧。"

虽然羽生的惊讶在自己的预料之中，但在他偷看自己的时候，初美还是故意装出不在意的样子，她举起手中的 salty dog 一饮而尽。初美无比受伤地想着，果然别人都会对此感到吃惊。

"真的？哎，等下，初美，你结婚才 3 年吧？"

"他好像原本就没什么欲望的，每次都是我要求的。就算是偶尔亲热，也是鲜少坚持到最后的。"

初美一边舔着玻璃杯边缘的盐粒，一边自然地脱口而出。

"你老公是女性杂志的编辑，可能要比一般人都累吧。"

羽生又点了一杯 salty dog，同时友善地对着初美说。初美嘎吱嘎吱地嚼碎了嘴里的盐粒，她不知道怎样才能让一沾枕头就鼾睡的丈夫产生肌肤之亲的兴致。也许最重要的问题是，尽管没有那个，她和丈夫也过着和睦而快乐的生活。他们会手牵手散步，会一起洗澡，还会拥抱、接吻。现在，就连说出这件事来，初美都觉得并没有多严重了。或许是揣测过初美的心情，羽生谨慎地开了口：

"夫妻问题真是难办，感觉越是知道对方的辛苦，就离夫妻生活越远了。我俩还是男女朋友的时候，我还能满不在乎地偷袭上完夜班疲惫不堪的她。但是现在啊，比起亲热，我更希望她多睡5分钟。实际上，与其抚摩她的身体，不如给她做足底按摩更让她开心。"

"我懂，我懂。每次他说'我累了'之类的表示拒绝时，我就把手放在他的肩膀或腰上给他按摩。我的按摩功夫倒是因此见长了，要是我设计的首饰卖不动了，我都能改行做个按摩师了。"

初美一边说，一边探身窥探吧台深处。白头发的酒保正在用汤匙在半块西瓜上挖取西瓜球，红色的汁水飞溅，西瓜的清香在酒吧中弥漫开来。

"你说，小宝宝是不是都是西瓜味的呀？"

初美没有听到回答，于是她看向羽生。她发现羽生的眼睛正在瞄着斜下方。

"你把胸部放在吧台上了。"

刚刚吃惊地说完"这是性骚扰"几个字，初美就因为羽生那仿佛并没有看到自己抛出的白眼般的下流目光而大惊失色。她低下头，看向穿着轻薄罩衫、脖子上戴着自制的多层项链的自己。就像羽生说的那样，初美沉甸甸的胸部都压在了吧台上。此时，她已经能够感受到吧台带来的湿冷感，她的胸部似乎正在与身体分离，她羞得一下子脸红到了耳根，但如果这时自己弯腰弓背反而会感觉更加难为情，于是初美决定保持这个姿势不变。初美承认自己有着惹眼的丰满身材，但从没觉得自己性感或者有魅力。过去初美是个轻佻的人，喜欢做能够令自己开心的事，在婚前的几段恋爱中也总是她先爱上对方。

"你过去好像就是这样，坐下时一定会把胸部压在桌子上。那时我坐在你旁边上课，都不知道眼睛该看哪里。那时我还想，你是不是在诱惑我。"

得知羽生曾经用那样的眼神看着自己，初美非常惊讶，但同时又涌起了一种有几分气愤又几分欢喜的复杂情绪。初美干脆将胸部压在吧台上，又要了一杯 salty dog。羽生始终沉默着。初美为了缓和气氛而绞尽脑汁，她搜肠刮肚地忙着找话题，结果她的手一滑，鸡尾酒华丽地洒了出去。红色的酒渍在胸口扩散开来，瞬间，初美的罩衫贴在了身上。她只是轻呼了一声"啊"，然后就出神地看着胸口，竟然忘了擦拭酒渍。初美经常使衣服弄上食物残渣，而她爱干净的丈夫虽然会摆出一副受不了她的表情，但仍然会认真地帮她除去污渍。

"你现在穿的不会是优衣库的内衣吧？"

突然，羽生伸手从初美的罩衫胸口处摸了进去，手指搭在初美的内衣肩带上。初美大吃一惊，但不知为何竟没有甩开他的手。

"这和我老婆喂奶时穿的是同一款。"

话题似乎转回来了，初美暗自庆幸的同时喋喋不休：

"啊，我怀了孕的朋友也说过。这一款的确很方便穿脱，又便宜，又耐用。一旦感受过这种轻松感，那就再也不想穿胸罩了。想出这款设计的人真是天才。喂，羽生，你干吗？"

羽生的手指顺着胸罩的开口下滑，竟然快要摸到初美的胸部了！羽生的气息中带着酒味，看来他已经醉了。

"都是你不好，一个劲儿地说胸部。"

羽生一边观察着初美的表情，一边用五根手指"描绘"着初美胸前的山谷。初美感觉自己周身的汗毛直竖，她意识到羽生的手法出奇地熟练，因而不禁觉得这家伙可能是个花花公子。虽然他是温柔的丈夫和好爸爸，但他或许还时常和妻子以外的女人偷情，想象着那个画面的初美竟然有些心荡神驰。

"你又没有怀孕，穿这种宽松的运动背心一点都不性感，你必须穿胸罩。男人可是对视觉信息很敏感的生物。"

可能是因为已经知道了那里的手感，羽生迅速从罩衫中抽回手。他点燃了一支柔和七星（Mild Seven Light）。初美放心地合拢了胸口的衣襟，却也产生了一种强烈的不满足感。她有种冲动，她想抓着羽生的手，引领它们抚在自己的胸部。初美的身体燥热无比，自己竟然在羽生面前露出了这么羞耻的模样，这大概是一场噩梦吧。也许鸡尾酒里放了春药，想到这里初美偷偷地看向酒保。他正背着身体榨着柠檬汁，或许他是在假装没看见。

酩酊大醉之后，虽然初美的头脑已经不能正常运转，但她仍然在拼命厘清现状。她非常喜欢自己的丈夫，对现在的生活也并没有不满。只是一想到丈夫悲伤的脸，初美就会感到心在揪着痛。尽管如此，她的全身还是在渴望着羽生的手能够带来更多触碰，可她明明并不喜欢羽生。初美睁大眼睛，手握成拳敲着吧台，暗自希望羽生不要发现她正气息紊乱。

"羽生你真是让人失望。我还以为你对你老婆是一心一意的！"

"我对我老婆是一心一意啊。但是，我不知道这样是不是真的好，我只了解我老婆，对其他女性都不了解。再这样下去，我就只能期待每月一次的亲热了。想想未来的几十年都是这样活着，有时候我会感到窒息。你没有这么想过吗？"

不知不觉间，羽生的手又伸向了初美光滑的大腿，初美并没有避开他巧妙的轻抚，而是问道：

"等等，你只有你太太？真的从没和别人交往过？"

"是啊。初美你有这么一副诱人的身体作为武器，想必在婚前和很多男生玩过吧。太过分了吧，至少你也让我摸两下啊。"

羽生触摸初美大腿的手指已经触碰到了她的内裤，正在触碰着她大腿根部的骨头。同时，羽生目光缠绵地上下打量着初美，初美全身都被汗水浸透了。她现在的身体或许比单身那会儿还要敏感。

"这附近有家专为加班错过了末班电车的人而准备的旅馆……"

"我不去！"

虽然嘴里严词拒绝，但是初美的脑子里却在冷静地确定丈夫是否要到明天早上才能回家。

"我没问题的。今晚，女儿去了奶奶家，老婆上夜班……"

"你这个人真是太坏了！"

"我觉得咱俩很配啊！你还有其他情人吗，能够为你考虑，绝对保守秘密的情人？"

初美没有想到羽生和自己的需求竟然奇迹般地匹配。尽管如此，她还是用力挥开了他的手，她心里一边为这像肥皂剧一般的情节而感到羞耻，一边大喊道：

"咱们的友情怎么办？"

"咱俩本来也没有那么要好。"

的确如此，初美低下了头。实际上，要是这里有被褥该多好啊，那样她会毫不在意酒保，直接与赤身的羽生拥抱在一起，她想要一个唇舌交缠的绵长深吻。她几近厌恶地意识到自己到底是多么饥渴、悲惨，她已经搞不清为什么单纯的酒会会发展成现在这个样子了。

尽管如此，她还是要将她所剩无几的体力与理智集中起来。她起身离座。

"我得回去了。再见！"

瞬间，初美看到整个酒吧里的景象都摇晃起来，她甚至觉得自己离门口竟然那么遥远。或许是身下许久不曾有过的黏湿所致，初美已经无法好好走路，但她还是手扶着吧台，一步步坚持着前行。

"等等，初美。现在已经没有电车了。"

初美终于推开了酒吧门，外面水汽充盈的热气差点儿又把她推回去。通往地上的台阶特别长，初美觉得自己就像是在滚梯上逆向行走一样，还没走几步，后面结完账出来的羽生就已经追上来了。狭窄的楼梯上，当羽生从后面抱住她，霸道地夺走她的唇时，初美的腰部已经没有力气了。初美许久没有过舌吻了，羽生又只与一名女性相恋过，两人皆是尽情释放。初美因他舌头带来的粗糙感而恍惚起来，越过羽生的瘦削肩头，她看到了日本桥上方的天空。虽然只是一种形式，但初美还是求救般地向着圆圆的月亮伸出了一只手。

巨大的水声惊醒了初美。

她首先看到的是自己横陈的胸部，包裹在优衣库运动背心中的胸口如羽生所描述的那般洁白、圆润，硕大到不可思议。看来要仔细挑选胸罩戴了——初美开始反省。她起身低头看向自己全身，上身没有穿罩衫，但下身却好好地穿着内裤。看看从窗帘中透过的强烈日光，现在已经过了中午吧。初美的头在痛，胃也在抽搐。走出卧室，初美发现卧室对面的洗手间开着门，穿着睡衣的丈夫正在弓着身揉搓着初美的罩衫。

"早啊，小初。这是染的什么？洗不掉啊。"

丈夫一边擦掉溅到额头上的水珠，一边转头问道。在他摊开的湿布上有条粉色的细长污渍。初美觉得自己此刻能够出现在这里真是个奇迹，她不由自主地紧紧抱住丈夫瘦削的背，她知道自己的胸部被压变了形，她觉得自己总是努力的一方，此时的她就像接到命令从战场上返回的士兵。

"是西瓜味的 salty dog。"

"哦，像是挺好喝的样子。玩得开心吗？嗯，是叫羽生吧？吓我一跳。早上我回来时就看到小初你穿着衣服睡在玄关那儿，你的项链我已经拿下来了，我怕你睡着时勒住脖子。"

校对截止日刚刚结束的丈夫一定很疲惫，此时却还要照顾自己，这让初美感觉有些抱歉。尽管如此，她还是要说，她鼓起勇气，紧了紧环在丈夫腰上的手，好像这样就能把自己的心跳与热情一起传递给他了。

"启介，咱们亲热一下吧。不然我就要欲求不满了，到时候不知会做出什么事呢。"

启介什么都没说。很快，初美搂在怀中的丈夫动了动。

"好，下次吧，现在我累死了。小初你不也宿醉了吗？再睡一会儿，然后咱们去吃饭吧，就去车站前那家点心店吃吧。"

是啊，初美嘀咕着离开了丈夫的身体，走出了洗手间。自己今后的 40 年甚至 50 年都要和这样的丈夫一起生活，才 34 岁的丈夫就已经冷淡至此，今后两人的夫妻生活就更少了吧。虽然想到这些会让初美感觉害怕，但并不能动摇她要和丈夫一起生活下去的决心。不过，为了守住这份幸福，自己的欲望也需要排解。初美从扔在玄关的手包里拿出手机，走进了起居室。她用力拉开窗帘，走进阳台，耀眼的日光令她眩晕。树上的蝉鸣声让人心浮气躁。初美靠着阳台栏杆，一边看着对面公寓晾晒的衣物，一边深吸了口气给羽生打电话。提示音响了5声后，羽生才接起电话，初美一口气道：

"羽生，今天有时间吗？三个小时也行。"

"初美？啊，你说什么呢？"

昨晚的热情消失无踪，羽生的声音里满是冷静。初美疑惑不已。

她瞬间怀疑那一切都是自己的一场梦。在酒吧楼梯上的那个吻之后，初美拼命推开了羽生，她爬着上了楼梯，拼命告诫着自己的身体，生怕稍不留神自己就会缠住羽生。她执着地飞奔上了出租车。不，那一切不可能是梦。担心丈夫会听到，初美压低了声音：

"羽生，我下定决心了。咱们在一起吧，和你说的一样。要等到我老公有亲热的兴致，我可能都变成老太婆了。"

"初美，你没事吧？你在说什么啊，你还醉着呢？"

羽生的声音里满是困惑。

"那个……我昨晚喝多了，可能说了什么奇怪的话。要是你当真了，我会很难办的。咱们都是大人了，我老婆刚夜班回来，你别把她吵醒了。就这样，挂了，拜拜。"

　　羽生为难地说完就挂断了电话。初美呆呆地盯着手机，不仅是丈夫，竟然连羽生也拒绝了自己。在这样的情形下，自己要如何与丈夫和睦相处？今后又该如何面对自己诚实的身体？初美想不出不用背叛任何人的方法。

　　内心恐惧的初美低下头，她透过压在栏杆上方的沉甸甸的胸部向下看去，游泳回来走在路上的小学生就像是走在自己的乳房上一样。初美胸部上扑簌簌的汗水就像是眼泪，不断地从运动背心中滑落。

飞溅的橘子汁

| 蜜柑のしぶき |

只有橘子能够将初美从这种潮湿的空气中解救出来。

初美想要用尽全力榨取那冰凉的橙色果实。想象着酸溜溜的果汁四处飞溅，不仅溅在脸颊和下巴上，甚至还溅在被炉和棉被上的样子，初美更加羞赧。为了避开小叔投射来的炙热目光，她故意慢悠悠地摘下第三个橘子上的白络。从职业角度上看，她对自己摘掉白络的灵巧手指很是憎恨。清爽的味道在两人之间扩散开来，即便透过厚实的口罩都能闻得到。尽管很难为情，初美还是不愿意起来的原因就在这被炉上。

电视里播放的新年节目中出现了一个很久没露过面的女歌星，初美正好借此机会转向了电视。本想将电视音量调得更大一些，但是遥控器却在被炉另一边坐着的贵史手里。初美有种错觉，似乎目前的主导权都被他夺走了，现在的初美竭尽全力也只能扮演一个正在专注地看电视的开朗嫂子。

"贵史，你听过这首曲子吗？我上高中的时候非常流行呢。现在听起来，歌词真是让人不知所云啊。90年代的流行音乐就是这样。美少女文化的全盛时期出现的美少女热。那时连我都会穿超短裙和松圈袜，甚至还穿露脐装呢，然后就惹怒了我妈妈……"

小叔像是很困扰似的抿着嘴唇。初美感觉他要直白地说些和性有关的话题，于是慌忙变了话题。

"啊，贵史应该不知道这些吧。我17岁的时候，你是，嗯……"

"……我12岁。"

"对，对，你还是小学生。对啊，我上女子高中时流行的东西你还不知道啊。我都成了阿姨了，我今年也有31岁了，都可以做中学生的妈妈了。"

初美不由自主地说完后也把自己吓到了，已经是结婚4年了，虽然自己没有公公或小姑，没人责怪她始终没有生孩子，但是自己也开始感受到压力。初美不知道丈夫什么时候才会再一次与她亲热，自从去年夏天的那次邀请后，除了按摩和拥抱，大她5岁的丈夫启介就再没有碰过她。他们两个明明互相珍惜，和睦地生活着，为什么会这样呢？

突然，流行乐中断了。初美抬起头，正好看到贵史举起遥控器关掉了电视。房间里并不冷，但初美却感觉背后凉飕飕的，禁不住打了一个寒战。一阵沉默后，初美感觉贵史投向她的视线更加强烈了。就连这样和男人一起共用一个被炉都让初美感觉那么猥亵。从正上方看来，他们两个面对面抵足而坐，两具肉体就好像通过被炉连接起来一样。

新年开始，初美会在丈夫的老家——位于御殿场的芥辣园里过年。他们全家会出门两天去箱根观看异程马拉松比赛，这是他家的传统。

丈夫非常关心代替自己继承家业的弟弟。贵史听取了哥哥的意见，他不仅经营芥辣园，而且还雇人开了咖啡店，出售用芥辣制作的点心、冰激凌等都非常成功。两人之间的信赖程度很难让人相信他们是同母异父的兄弟。当时独自养育幼子的婆婆与芥辣园的园主再婚后，生下的就是贵史。

对于初美来说，这已经是第三次这样过新年了，但是像这样和贵史对坐却是头一次。一个小时之前去富士浅间神社进行新年参拜的丈夫和婆婆到底几点能回来呀？要是事先知道是和贵史两个人在家，哪怕感冒让自己有些疲倦，她也要强撑着和他们一起去。初美认真思考着，干脆把口罩向上拉一拉，彻底挡住视线算了。

贵史的视线就已经让她开始不断产生幻想了：从事农业，锻炼出的精壮身体与小麦色的肌肤，还有他回头时看起来就像个疲惫的教练，但他年轻，那使他更加耀眼。特别是看到他那健壮的脖子和强而有力的大手时，似乎能感受到他手上释放出的潮热、闷湿的空气。当然，初美还是更喜欢充满知性又英俊的丈夫，但贵史却有一种让人难以抗拒的野性魅力，他弓身坐着，就像是在为自己的身体感到害羞，沉默又笨拙的样子非常惹人喜爱。婆婆经常笑话他"年纪也到了，却不善于表达，整天待在家里，这样下去可是娶不到媳妇的"，他应该不会向女性释放这种荷尔蒙吧。

他平时会和谁、怎样亲热呢？或许他真的不在意女人，并且对自己这充满魅力的肉体感觉无所适从，就像初美一样。初美越是告诫自己不要去想不该想的，就越会不由自主地看向贵史的脖子与手指。

他一直看着初美，她想起来了，她刚结婚时贵史也是那样。那时的贵史总是用他的黑眼珠注视着初美，那眼神就像要贯穿她的身体一样。

没问题，她穿着大号的编织连衣裙和保暖裤，她的胸部和腰身乃至坐下时的身体曲线与小腿都被隐藏了起来。她露出的部分不多，而且还戴了口罩，几乎遮住了整张脸。这样的自己应该不会有什么魅力。唯一能够使她有女人味的就是脖子上挂的自制大项链了，这种东西是不会吸引贵史的。

如果自己有什么能够吸引贵史的，那一定就是——从经验上来说，如果一个人一直想着淫荡的事情，那是一定要让异性知道的，自己在少女时代认识的那些男人就会把心中所想都表现在脸上，自己和丈夫完全没有夫妻生活的日子至今已有 8 个月零 4 天了，无论她想表现得多么快活，她的身体都会透出欲求不满。现在的自己变得很奇怪。便利店店员、出租车司机、形体老师、画廊来的客人等，只要碰到他们的手，或者与他们视线相对，又或者稍微碰到他们的身体，即便那是自己完全不喜欢的人，初美也会开始细致地想象和那个人亲热会是什么样子。初美拂去内心的阴沉，极力玩笑似的开口道：

"橘子吃太多可是会手脚发黄的哦，小的时候听别人说的。"

贵史的态度始终不变，他生硬地嘀咕了一句"是吗？"视线还是一动不动。

"贵史，你小时候是什么样的孩子啊？……哎？"

突然间初美不说话了，她的盖在被炉里的膝盖似乎触碰到了什么，像是在观察初美的反应似的，贵史纹丝不动地盯着她看。

难道……感觉憋闷的初美不由得把口罩拉到了下巴，露出了水润的嘴唇。初美的嘴唇长时间包裹在潮湿的口罩中，因此看起来十分粉嫩，带着诱人的甜美气息。初美感觉贵史的指尖马上就要分开自己的双腿了，她求救似的望向古旧的木质天花板、墙上的挂钟、碗橱里摆放的小木人、佛坛上供奉的黑豆以及电视上放着的圆形年糕，终于，她的身体微微颤抖起来。

"不要……"

初美半睁着眼睛看去，贵史还是惜字如金，始终盯着自己看，他像是要盯着她看到她崩溃为止。

他明明一点儿都没动，但是初美的大腿内侧却逐渐有温暖柔软的东西滑了进来。或许是他的腿很长吧，就像匹诺曹的长鼻子那样，不，不，现在不是胡思乱想的时候。初美鼓起勇气，掀开被炉上的棉被向里面看去，不由自主地吐了口气。在泛着红光的黑暗中，两只眼睛在闪闪发光，随后，"喵——"的一声响起，婆婆家里养的猫——奈奈子颤巍巍的黑色身体从里面钻了出来。原来是奈奈子啊。初美暗自松了一口气，用两手撑在了身体后面，呆呆地盯着站在电视前面圆滚滚的奈奈子。

"讨厌。奈奈子真是的，钻到了奇怪的地方。那个……"

初美摩擦着膝头，抱歉地对着贵史羞赧一笑。自己竟然对老实正直的小叔都能产生幻想，这该怎么办啊？贵史一副欲言又止的样子，暧昧地点点头。刚刚开年，初美就已经出了丑。

要记住，无论没有夫妻生活多么痛苦，都不能成为行差踏错的理由。无论在犯错的瞬间身体得到了多大的满足，此后等待着你的都将是充满自我厌恶的悲惨生活。他不是已经身体力行地证明了这一点吗？初美一边拼命在脑海里反复描绘着大学同学羽生的恶果，一边将橘子瓣放进嘴里。薄薄的橘子皮破裂开，酸甜冰凉的橘子汁溢了出来。

去年年底，初美知道羽生有外遇了，那是在她与大学同学芽衣子喝着博若莱酒，共进晚餐的夜晚。芽衣子在大型造酒厂从事宣传工作，已婚，虽然已经生养了两个孩子，但她依然瞒着丈夫与自己的上司持续着不伦之恋。她常常忙碌到让人怀疑她是否有时间睡觉，但她在化妆、打扮上却从不偷懒，而且初美每次见到她都能听到最新的八卦。

"你还记得吗，原来和咱们一个研讨组的羽生？他不是很早就结婚了吗，他会计师的工作也做得顺风顺水，而且还有了孩子，可他偏偏搞外遇被他老婆发现了，真是惨啊。他同事现在正进出我们单位呢，所以告诉了我好多事。"

"哎，真的？我都不知道。"

嘴里正嚼着火腿的初美差点儿噎着。

"哎，你不是和羽生挺好的吗？对了，你不是还说过，你在开个展的那栋大楼里，遇到了在那边的事务所上班的他吗？他可真是蠢啊，竟然就因为一次外遇毁掉了整个家庭，他本来可以做得更好的。"

芽衣子漫不经心的语调刺痛了初美的心，她端起酒杯凑近鼻端。

初美想起了夏末和羽生去喝酒时，自己被他袭胸，然后两人发生争吵的事情，那次聚会上他们都喝醉了，差一点儿就演变成了外遇。初美觉得当时自己用全身的力气推开羽生的手是正确的；但分开后，自己又因为心痒难耐而主动给羽生打了电话，这是自己一生的败笔。想到那个悲惨的瞬间，初美双颊发热，她绝不想被诱惑，但也没办法果断地拒绝诱惑，将羽生的酒后戏言当真是自己不对，自那以后，因为难堪与后悔，初美再没有与羽生联络。

或许，羽生太太的出走是因为自己，想到这儿，初美的紧张与恐惧让她的喉咙干燥异常。自己虽然没有和羽生发生关系，但是他们接吻了，想到自己可能在不知不觉中给别人带来了麻烦或者伤害了别人，初美心痛不已。

自己果然不适合搞外遇啊。

"羽生过去还是个挺专一的人呢，他那个上护士学校的女朋友就是他现在的老婆，他一直就只有她一个，不是吗？越是这样的人，往往越会因为仅仅一次的过失而失去全部，真是可悲。"

初美盯着大口喝着葡萄酒的芽衣子那白色的喉部和亮茶色的头发发呆。为什么只有她能够这样自由呢？虽然她是自己十多年的好友，但初美还是觉得很不可思议。芽衣子明明性格温柔，是个很会照顾人的人，但她却毫不愧疚地背叛了她丈夫。

"据说呀，他的外遇对象是会计师事务所里打工的女大学生，他们两个见面过于频繁，结果被他老婆发现了，他老婆就带着孩子出走了，人家可是工作经验丰富的护士，有经济能力，这样下去他们有可能会离婚呢。"

"啊，这样啊，这可真像电视剧的情节啊，真是糟糕。"

初美低着头，感觉心里很不舒服。羽生竟然冷漠地拒绝了自己，然后选择了比自己年轻的女人。尽管初美不喜欢羽生，但是她的自尊心还是受了伤，初美讨厌这样的自己。

"哎呀！初美，你脸色太吓人了，在你这样夫妻俩相亲相爱的人看来，我们这些搞不伦恋或者搞外遇的人都是绝对不可原谅的吧。我也不想辩解，但是一般的夫妻都过着非常无聊又公式化的生活，他们平凡地恋爱、亲热，要是不能定期透口气，想要维持幸福的家庭生活就很困难了。夫妻到死都是夫妻，初美，你有一个称心如意的好丈夫真是太好了。"

咕咚咕咚灌酒的芽衣子暧昧地笑道。

想到孤零零过年的羽生，初美还是会心疼，他是那么珍惜妻

子和女儿，却因为一次外遇失去了一切，这位大学同学现在该有多么后悔，此刻他应该正在咀嚼孤独的滋味吧。

在和丈夫相遇前，自己一直都是孤独的。即使用工作或游玩将自己的行程排得满满的，即使在自己有男朋友时，初美还是感觉空虚。亲热之后，初美很多时候都是如同被轰走般回到家，单是回想拖着疲惫不堪的身体赶末班电车时那种无依无靠的感觉，初美的心里就一片冰凉。由于在一个人的房间里做一人份的食物很麻烦，那时的初美一个劲儿地在便利店里买便当或者快餐吃，想起那些对于季节的变化、他人的心情等都毫无知觉的干瘪的日子，初美的身体轻轻震颤着。她再也不想回到那时候。

啊，自己果然是搞不了外遇的——尽管没有夫妻生活，初美也绝不想失去现在的生活。初美回味着新年、圣诞节与生日时都有人与她分享、拥抱的那种满溢的喜悦，那被炉的温暖，还有可以买很多也不用担心吃不完的水果的生活。

初美对自己的想法很是满意。她猛地拿起了橘子，感觉这样很痛快。今年就去寻找适合解决自己的饥渴的方法吧。初美突然有了精神，虽然觉得这样做有点儿粗鲁，但她还是用大拇指向着橘子中心狠戳了下去，橘子汁"噗"的一下喷了出来，溅入了她的右眼，瞬间，初美的世界一片橙黄。

"痛！"

初美惨叫一声，拼命地揉着眼睛，她的眼球沾满了果汁，痛到她不停地揉搓眼球。初美压着眼睛倒在榻榻米上，她曲着身体静待疼痛过去，因为穿的是针织连衣裙，所以初美并不怕露出穿着打底裤的臀部，她觉得这就是她刚才想色情事情的报应。

一团热气吹到了初美的脸颊上。

"嫂子，你没事吧？"

贵史的声音不经意地靠近了，一股强力让初美抬起了头，她感觉自己枕到了男人健壮的腿上。贵史似乎是盘腿坐着的。

"好了，睁开眼睛。"

初美胆怯地睁开眼睛，疼痛已经缓和了。初美与似乎很是担心她的贵史近距离地凝视着彼此，之前下的决心动摇起来。这个人的体温为什么会这么高呢？他和畏寒的丈夫完全不同。

"来，我给你上点儿眼药水，再忍耐一下。"

不知何时，贵史的手上拿了一个小瓶，药水已经要滴出来了。

初美微微扬起头，睁着眼睛紧张地等待药水滴落。初美小时候就受不了眼药水，看着药滴逐渐变大的瞬间，初美的眼睛眨了眨，药水顺着脖子流入了胸间的沟壑处，这突如其来的凉意让初美惊了一下，同时她也第一次看到了贵史的笑容。

"嫂子，不能眨眼睛啊。来，再滴一次，这次你可要好好睁着眼睛哦。"

"啊，好。"

就在初美着迷地看着贵史的下巴、长长的睫毛和眼袋时，她右眼的视线模糊起来。很快，眼球的疼痛消失了。初美眨眨眼，小叔的面容看上去更加光泽闪耀。

"那个，嫂子……"

在这样近距离的身体接触下，初美能够闻到他身上的气味——

微微的汗味、香皂味和泥土味道，其中还混合着凛冽的芥辣味。初美侧躺着，她针织裙下包裹的胸部形状明显地展现了出来，这让她既难为情又感到骄傲。贵史的视线有些拘谨地落在初美的胸部，初美感觉那大手仿佛要轻柔地触摸自己的胸部，不由得咽了下口水，她微微仰起头凝视着他。他的手也和初美的一样，带着橘子味道。

已经抵抗不了了——我没有错。不，即便有错也没办法。好了，如果省略掉前戏的时间，在丈夫回来之前，究竟能做上几次呢？就在初美想要闭上眼睛的瞬间，贵史开口了：

"这条项链是你制作的吧？"

"哎，什么？"

初美呆滞地回问道。仔细一看，原来他的手并没有触碰她的胸，而是触碰到了项链。

"那个，就是我女朋友——啊，她在芥辣园里打工。我觉得她很想买这样的项链戴，但是我对女生的这种爱好并不太懂，而且也并不知道哪里有好的店，我想请你帮忙给她做一个。啊，终于说出来了，我真是紧张死了。"

眼下的状况并不只是因为眼药水。

初美坐起身，默默摘下了脖子上的项链，然后放在了贵史手中。

"啊，这样好吗？我可以收下吗？真是不好意思，真的可以收下吗？"

看到初美沉默地点点头后，贵史露出了孩子般的笑容，他幸福地将项链握在了手中。玄关的玻璃门打开，初美听到了丈夫和婆婆二人兴高采烈地说着"我回来了"，还有换鞋子的响声。

"啊，哥哥他们回来了。"

初美慌忙起身，结果流进胸间沟壑内的眼药水一下子流向了肚脐，初美皱了皱眉，身体颤了颤。

奈奈子"喵"的一声叫了起来，它伸了伸懒腰，像是在嘲笑初美。

草莓上的划痕

| 苺につめあと |

情人节的夜晚，羽生来到距离公司很近的大楼地下酒吧时，初美已经仰头将一杯红色鸡尾酒一饮而尽。当她看到羽生时，泛红的脸庞立刻浮现笑容，天真烂漫的她实在看不出已经是 31 岁的人了。酸酸甜甜的清爽香气从她的红唇中逸出，羽生这才发现，她已经醉了。

"羽生——，好——久——不——见。今天晚上我请客，随便喝，就当送你的情人节礼物。"

初美茶色的蓬松头发堆成松散的高发髻，垂落的发丝柔软地贴在颈后，靓丽的葡萄色针织连衣裙眼看就要从她肩头滑落。或许换个角度就能看到她胸前的沟壑了吧，坐在初美边上的羽生觉察到自己的视线落在了那里，对方像是看透了他的邪念般，她脖子上挂的细金项链晃动着，闪耀的光芒遮住了她白色的胸部，羽生能够从中读出属于首饰设计师的潇洒精干，但她并不是那种保守的女强人，羽生的目光不经意地与那个上了些年纪的酒保的目光交汇。

"初美，你喝醉了，啊，现在要叫你岛村太太了。"

"都说了叫我初美就行。要是不喝醉，那么不好意思，还怎么说话？你可别说什么忘了去年夏天时发生在这里的事之类的。话说，亏你还能大摇大摆地过来啊，你可是一直都没联系我。"

初美故意轻佻地说着，然后微微耸了耸肩。羽生低下了头，太好了，她这样直言不讳，他也就不用考虑该用什么态度面对她了，老实说，他被叫出来时已经胆战心惊了。

"你还对我说教呢，结果转头就和你们事务所里打工的女大学生搞外遇，这算怎么回事？我听说，你老婆是从你手机里的往来邮件中发现了线索，然后带着女儿走了。羽生，你是聪明还是笨啊？"

"那个，今天晚上不是来给我送生鲜的吗？"

羽生一边回想着办公室电脑里收到的邮件内容，一边笑着转移话题。妻子出走后，自己几乎每天都在外面吃，其实收下别人送来的蔬菜或水果反倒麻烦，而他会答应初美的邀约，并不是别有用心，只是因为自己实在太寂寞了，即便不是初美邀请，他也会出来吧。自从19岁与妻子相识以来，11年间妻子总是陪在他身边，羽生经历的第一个孤零零的冬天让他不知所措。

"啊，就是那个，现摘的甜草莓。"

初美的手支着脸颊，向吧台里面瞥了一眼，搅拌机里透出鲜红的一片。

"我婆婆去福冈摘草莓了，摘了很多回来，所以就想着分你一些，老板很快就注意到了，他说'是草莓吗？可以的话就拿来做鸡尾酒吧'，于是我就给他了，这样挺好吧？"

初美满面笑容地看向平时沉默寡言的店主，店主略带疑惑地回以微笑。这和大学时代的她并无两样，初美的毫无防备甚至会让羽生猜想，她是不是居心叵测，因此，她才会总是给自己留下轻浮的印象。虽然初美长得小巧玲珑又有一张娃娃脸，而且还有着性感的身体，但是很难成为羽生真心想娶的对象，直到初美初为人妻之时，他才发现了她的魅力，宽广的胸襟与开朗的性格是她的优点，她还十分温柔，善解人意得令人惊讶，而且，她还忠于自己的另一半。虽然她不是羽生喜欢的类型，但是如果他有单身兄弟，或者有因为工作忙而没机会找女朋友的前辈，他一定会乐意为他们牵线搭桥。

"今天是情人节吧，你和我待在这里好吗？"

"无所谓啦，那种老公。"

与显得稚嫩的娃娃脸不同，初美的大腿、胸部与肩膀都闪耀着成熟女性的亮光。去年，羽生略微触碰过，单是回想起那种滑溜溜的手感，他的身体就会发热。不行不行，这女人的甜蜜里有陷阱，羽生马上想。她穿成这种样子，而且还抱怨自己的丈夫，这不正是电视剧里常会出现的外遇情节的前奏吗？也许，初美正在因为去年的事而在谋划着对自己进行报复呢。

借着酒劲对初美进行说教的自己是很差劲的。去年暑假时的自己都干了些什么！那时的自己发疯般地想要和妻子之外的女性拥抱。当初美挑明了她的无性婚姻时，羽生觉得这下子有机会了，他觉得初美容易接受外遇，而且还不会乱说，因此，当她强烈拒绝自己时，羽生非常生气地想要惩罚她。当第二天早上初美打电话来执拗地说"咱们在一起吧"时，羽生实在搞不明白她的想法，他觉得初美会是个麻烦的女人，于是他再也没有与她联系，他本以为初美是个玩惯了的类型，但所有的事实都与他的预料相反。

"他说工作上出了问题，今晚回不来了，啊——结婚已经四年了，就是这一点上太不一致了，我都已经备好烛光晚餐、情人节巧克力和礼物了。"

羽生感到很不舒服，他不知道自己是不是又被初美拿来当作消遣了，他很想过一段安逸的日子。话题有点儿沉闷，羽生故作轻松地开口道：

"哎哟，真没想到你还是个好媳妇呢，真是幸福。"

尽管是自己说出来的，那话语听起来依然生硬得令人悲伤。羽生蘸了点面前那调好的鸡尾酒放到嘴里，瞬间，让胸口一紧的酸甜味道传到了他身体的各个角落。羽生从来都不吃草莓的，他从来都不知道原来草莓的味道是这么清爽怡人。平时，羽生只会为了满足女儿才在她的生日或者圣诞节时咬上一口草莓蛋糕，最近连这样的机会也没有了。鸡尾酒略带苦味，味道有点儿像可可利口酒。

"嗯，可能是很幸福吧。老公虽然忙了点儿，但我们的关系很好，而且他的父母对我也很好。总有一种'只有我一个人这么幸福，真是不好意思'的感觉。啊，你那巧克力是那个外遇对象送的？"

初美不停地说着，然后擅自拿走了羽生带来的纸袋，她拆掉包装，打开带着蝴蝶结的小盒子，把里面的松露巧克力放进了嘴里。羽生吃惊得忘了阻止初美。虽然她喝醉了，但这也很过分。

"我的女上司送的人情巧克力。那个女孩子辞工了，我们不会再见了。"

"骗人吧，现在你老婆走了，你已经是自由身了，真是可惜啊，就算不是和她，你也会找别人吧。"

"不会，不会了。"

"哼哼。"

一脸无聊的初美包裹在打底裤下的腿开始在吧台下晃了起来，她又吃了一颗松露巧克力，可可粉弄脏了她丰满的红唇。

"在那个女孩子看来你们只是稍微玩一下，而羽生你却因为这唯一的一次使家庭破裂了。这还真不是个合适的话题啊。不过，看到你这样，我觉得没有夫妻生活真的是微不足道，虽然有时根本不能在忍耐中找出意义，但那总比因为偷欢失去一切来得好。"

羽生马上回问：

"哎，不是吧？初美，你的无性生活还在持续啊？"

"嗯，啊哈哈，所以今天晚上我才想要见你啊。尽管没有夫妻生活，我还是觉得维持着温暖的夫妻关系是很幸福的，但是……"

初美明朗的表情瞬间阴暗下来，她突然趴在了吧台上。

　　糟了，真是麻烦了。虽然感觉麻烦，但羽生还是将手伸向了初美裸露的肩。那里嫩滑得像能挤出水来。想到她全身的肌肤皆是如此，羽生不由得暗自开始了幻想。不知初美是否知道羽生的心情，依然趴着的她嘀咕道：

　　"没想到我是这么虚伪又充满欲望的人。"

　　尽管已经坐在了回家的出租车上，初美还是很想听听羽生偷欢的始末。她将身体靠过来，凝视着羽生，弄得羽生不知道该看向哪里。

　　"我想请教这位老师，您的那次偷欢到底是怎么回事啊？"

　　"初美，你家是在世田谷公园附近吧？司机，麻烦您开到那里。"

　　离开酒吧前，羽生从酒吧老板那里得知，在他来到酒吧前，初美一个劲儿地在喝烈酒。她其实并没有多好的酒量，到底是要干什么呢？看她东摇西晃的样子，羽生也不能丢下她不管，于是只好送她回家了。结果就是，自己不仅为她付了酒钱，还为她付了车费。

　　"啊？嗯，我已经忘了。"

　　这话有一半是谎话。现在他的手上还残留着抓着那个打工的女大学生——原田美优的纤细腰身时的感觉，那是他自出生以来第一次与妻子之外的女性近距离接触，刺激得大脑几乎都要麻木了，现在想到自己失去了什么，他才意识到那时的自己多么轻浮。他同时也会暗自后悔地想，要是不知道这种快感就好了。

"我只能说，那时的我非常冲动，但如果是一个人待着，欲望会小得惊人。"

看着现在有些神志不清的初美，羽生产生了杂七杂八的想法，但他不会动她。今晚他只会抱一下她，毕竟她是要回归家庭的。

"哦……这样吗？"

"就是这样。"

"我老公的冷淡好像是遗传的……"

"嗯？你说什么？刚才不是还在说我的事情吗？"

"这是我婆婆说的，说我老公的父亲也是这样。"

"啊，等一下，你怎么会和你婆婆说到这样的问题上？"

留意到后视镜里出租车司机对他们的话题兴趣十足的目光后，羽生不由得压低了声音。初美突然愤怒地睁眼坐了起来，斜跨过她胸前的安全带深陷进她的乳沟，羽生能够清楚地看出她的胸部大小与形状。

"我还能向谁说啊！我的朋友大多是单身，好朋友芽衣子则是那种因为对丈夫不满，所以就来个不伦之恋的人。说给婆婆听的话，我也不用担心这件事情外泄……"

"你还真是古怪！"

"这是我婆婆说的啊。她的前夫，也就是我丈夫的父亲就是欲望极弱的人。他们离婚的表面原因是性格不合，实际是因为夫妻生活不和谐，所以婆婆不仅是有着为人妻子经验的前辈，还是有过无性婚姻经验的前辈。"

在那个摘草莓之旅的夜晚，在和婆婆一起泡温泉的时候，初美想让婆婆给自己出个主意，于是她对婆婆说了他们根本就没办法要孩子，还说了两个人明明感情很好，却完全没有肌肤之亲的事。婆婆静静地听完后这样说：

"我早就想到会有这样一天的，初美。那孩子的欲望淡薄可能是遗传的。作为婆婆，我说这样的话可能不合适，但是我真的很喜欢你。我的前夫虽然是个好人，但那时的我每天都很辛苦。没有肌肤之亲的婚姻生活就是地狱，是否继续这样生活就看你自己了。"

初美出神地看着 246 国道沿线的霓虹灯发呆。

"婆婆的再婚对象，我现在的公公，年轻得根本不像 60 岁，而且我也能感觉到他精力十足。婆婆那么大年纪时还能生下小叔，可见他们的夫妻关系非常好。想到自己晚年的生活，我觉得婆婆的话或许是正确的……"

"唉，那么，你是……怎么说呢，难道你是要离婚？"

羽生很清楚这件事和自己完全没有关系，但他还是惶恐地问道。初美一下子瞪圆了双眼。

"不，不，不要！我死也不离婚，我才不要回到过去的生活！"

"你要是离婚了，马上就会有新的男人啊。你又没有孩子，就是离婚了也很好啊。离吧，离吧！"

感觉做初美的聊天对象很是麻烦，所以羽生决定适当地敷衍一下。

"我可没有和老公分手以后再找一个的自信。在遇见他之前，我从来没有被谁重视过，大多是心酸的经历，我总是被人玩弄。"

羽生吓了一跳，他想起了和他同一研讨组的某位学长的脸，或许初美是知道那件事的。

"在我遇到现在的老公后，我才第一次尝到了幸福的味道。但是……哈，不能总是没有那个啊……"

初美陡然靠向椅背深深地叹气，她的气息里还带着草莓的香甜。她的胸部透过身上的针织衫显露出来，随着汽车转弯而剧烈地摇晃。

"为什么大家都做的事情，我却做不到呢……这就像小学时，全年级只有我不会倒立的那种心情。虽然大家都说做不到这件事也不妨碍你的人生，但我还是难过。我就是害怕双脚离开地面，我拼命练习，在能够做到这个动作之前吃了很多苦……"

羽生突然感觉她很可怜。他想找个新的话题。

"我说啊，全世界又不是只有初美你一个人为此而烦恼，'没有夫妻生活就代表自己是失败的人'这种想法根本就是错的！又不是所有的夫妻每天都会亲热，人类的欲望都会逐渐消失的！如果你对此太过偏执，反而会失去更加重要的东西。"

说着说着，羽生发现自己的话根本没什么说服力，他很清楚初美的焦躁，自己和妻子的生活本来很幸福，也不缺少肌肤之亲，但每天还是过得很凄惨。因为那时的羽生意识到自己的人生单调得到死都有可能一成不变。自己这辈子可能只了解一个女人，这件事令他害怕不已，事实证明，与一个人相爱真是太累了。初美终于破涕为笑。

"谢谢你，羽生你好温柔啊，咱们就这样偶尔见见面，我的偷欢之心都会收敛了。看到你现在这样跌落到低谷的人生，我觉得有些事情我还是能够忍耐的。"

羽生听完立刻恼羞成怒。他在心中暗想：

初美，你的很多事我都清楚得很呢！

是的，即使羽生和初美并没有发生过关系，他还是非常了解初美的身体，因此，初美也成了他过去一段时间里的幻想对象。

初美曾经和他大学研讨组的学长——一个有名的花花公子交往过。在只有男人的酒会上，那位学长曾经不无得意地向他们炫耀，说起初美在床上的样子。那时的羽生虽然觉得初美很可怜，但他还年轻，于是着迷地催着那学长继续讲，听着一个认识的女孩子在别人的描述中赤身裸体，那种罪恶感令羽生生出一种战栗的愉悦。

初美大概是又有了精神，于是又开始缠着羽生打听起来。

"你心仪的那个女大学生，比我年轻可爱吗？我连当你宣泄的对象都不够格？我做女人有这么差吗？"

"你不是这么差，而是好得过头了吧。"要是自己这么说的话，她会是什么表情呢？

羽生记得那个玩弄过她的学长好像这么说过："她是个好女孩，但是太过拼命吸引我了……我好像是她的第一个男人，所以才会这么沉重吧。"

初美的甜香气息拂过羽生耳边。

"羽生你说过，让我不要再穿优衣库的运动背心了……但是那对我老公无效啊，今晚我还特地穿了蕾丝内裤呢。"

"你这是邀请我呢？不过太露骨了，这样可勾引不了我。"

伴着羽生的苦笑，初美"啊"的一声离开了他的身体。

"对不起，我喝醉了。刚刚是邀请？太久没有那种感觉了，我可能已经失去正常的判断力了。再也不能笑话那些毫无自觉对他人进行性骚扰的大叔了。啊，我说漏嘴了！"

初美专注地用手扇着红彤彤的脸颊，羽生看着不免叹气。

"你是气血上头了吧，到家之后喝点水吧！"

"去年你还那么急色攻心呢，今天就这么不以为然了？"

"反正再急色你也不会让我做什么，你是怎么了啊，初美，你好麻烦啊，你想让我怎么样啊？"

"啊，我都不明白我自己了……我喝醉了，忘了我说的话，一定是因为欲求不满，我的脑袋都变得奇怪了。"

无论如何都不能和她发生关系，羽生暗自发誓。初美这种类型并不适合作为消遣的对象，一旦那么做了，她可能会一瞬间被罪恶感淹没，然后选择自我了断吧。从某种意义上来说，她和羽生很相似。出租车开到了初美夫妻居住的公寓楼前。

初美摇摇晃晃醉得厉害，于是羽生打算扶她回房间。进入公寓宽广的大厅时，角落里摆放的会客桌椅以及插花让这里看起来像个舞台，乘坐电梯到了8楼，他们来到楼层尽头的房门前。

"啊——我已经被你甩了好几次了，羽生。不过我也并不怎么喜欢你。"

"是啊，是啊，我这就回去了。"

初美径自从包里拿出钥匙开门进去，并不回答羽生。她穿着长筒靴走进房间，"扑通"一声倒在了黑暗门厅前的走廊上，羽生只得也跟着进去。初美的丈夫似乎还没回来。这时，羽生闻到了一股香甜的味道。

在黑暗中释放出那味道的，似乎是放在鞋架上的手工巧克力。

"我以前就在想，为什么女人做完了糕点要放在门厅啊？"

"因为门厅是家里最冷的地方……是为了冷却啊……"

初美含含糊糊地说。

羽生突然想起妻子也经常会把做好的糕点放在门厅冷却，那是家的味道，那是一种微微的鞋油味、除味剂和可可味、黄油味混合在一起的香气。

"羽生，你看，我现在还能倒立呢！"

羽生猛然回神看去，初美的腿正靠在门厅的墙上，两手撑地倒立着。这时，她的针织连衣裙卷起来罩住了她的头，完全看不到她的表情，而她的肌肤则全部暴露了出来——珍珠白的蕾丝胸罩中包裹着像小西瓜一样丰满的胸部，稍微有些隆起的小腹、完美的葫芦形腰身。她的身材绝对称不上苗条，但是非常匀称。羽生觉得，这是男人看到就想扑上去的身体，可以说她的身体就是黑暗中闪现的一缕微光。它会令男人想要贴上去，抓住那身子，并在上面留下无数指痕作为印记。她的身体美得近乎神圣，或许正是因为没有人触碰的缘故吧。羽生有些苦闷。他情不自禁地抚上她的腰，坦白地说出了自己的感想。

"你丈夫真是暴殄天物，你可是个宝啊。"

针织连衣裙下传来了沉闷的声音。

"我想起来了，有一天，我突然就学会倒立了。世界突然就颠倒了。那时感觉自己的努力总算有回报了，真是很开心，做夫妻真是很难啊！和练习倒立完全不同，我都不知道该怎么努力……"

过去的羽生也在思考同样的事，但他觉得因为欲求不满而焦躁的她，还是要比自己幸福。当他回过神时，自言自语道：

"但是，还是不要从里面逃出来的好。"

初美的脚"咚"的一声离开了墙壁，她拂开遮住脸的针织裙，用力将它拉了下来，针织裙虽然遮住了初美的肌肤，但她肆意卧倒在地板上的姿势让她的身体更加充满肉感，她的胸部、大腿以及嘴唇似乎都在说"敬请品尝"。羽生突然感到总有一天自己会和她上床，但他随即打消了这种念头。初美霍地起身，闹脾气似的斜眼看向他。看来她有点儿醒酒了。

"那么，羽生你也不要逃避，只要把你太太追回来就好了，你已经后悔了，很寂寞吧？就算会被她拒绝十次、二十次也不要认输！"

"啰唆，你喝醉了，看我的。"

羽生的手伸向了初美的右腿内侧，初美"呀"的一声惊喘出声。

初美的身体突然被按压在房门上，夜晚的寒冷让她浑身战栗……离开公寓，羽生的身影淹没在黑巧克力般漆黑的公路上，他想在打到出租车前走上一段路，他想起了妻子的长睫毛和温暖的身体，内心充满留恋，羽生拿出手机站立了片刻。

现在还来得及吧。

纠结的葡萄柚

| グレープフルーツをねじふせて |

丈夫已经许久没有这样色眯眯地看着自己说出极具诱惑的话了。

这个机会死都不能放过。初美用小饭勺在正方形的海苔上铺醋饭的手停了下来，这是阔别一年之久的爱抚，初美忍住想要大声欢呼的冲动，关上了正开着的窗子。五月微温的夜风像是邀请般轻抚着初美的脸颊，初美穿过起居室，感受到丈夫的视线集中在了自己纤细的腰上，她的身体早已开始蠢蠢欲动，初美有意让身体保持 S 形，然后慢慢将上半身转向丈夫。

"我先去卧室，你等下……准备好了叫你。"

初美不声不响地关了窗。现在没有时间磨蹭，快速进了洗手间的初美赶忙扯掉连衣裙，浑身涂满清洁乳，处理掉多余的体毛。没时间等清洁乳渗透皮肤了，她的身体在抽搐，微微发痛，因为离夫妻生活太过遥远，所以看不见地方的处理也变得十分敷衍了。每晚都有夫妻生活的太太们是什么时候处理多余的体毛的呢？

今天是星期日，是个难得的两个人都在家的休息日，但丈夫一整天都在死睡，这让初美愤恨不已，但想到自从黄金周之后，他就一直忙于工作，初美还是贴心地没有叫醒他。初美在客厅的桌子上摆好串珠，准备制作首饰。这周三她就要在银座开展会了，所以其他的工作都推后了，没想到丈夫在家也能让她如此精神集中，她的工作进展神速。在工作告一段落后，她会去卧室看看，静静沉睡的丈夫就像一朵正在汲取水分的枯萎的花，让她的心中不断涌起爱怜。

想着丈夫大概会睡到晚饭时才会醒，于是初美去了平时不常去的超市，这里的商品较为上乘。当她快要把手卷寿司与正在醒的白葡萄酒摆到餐桌上时，丈夫终于容光焕发地出现了。不善饮酒的丈夫只有在家里吃手卷寿司时才会小酌几杯。

在难得的休假中，能够吃上丰富的应季食物再喝上一点儿酒真是太好了。

初美朝着空气喷了一点身体去味剂，然后弯腰穿过这片馨香的喷雾，打开卧室的房门，仿佛一下子就闻到了在这昏暗的房间里昏睡了一天的丈夫的味道，但就是这气味也令她欣喜。一切都是杞人忧天，什么丈夫的热情少了，自己已经没有了作为女人的魅力，要是到死都没有那种感受该怎么办，一切担心都是多余的。

初美开始整理双人床，她重新摆好软枕，铺好床单与柔软的棉被，从床头柜中拿出香味蜡烛点了起来。天竺葵的味道是丈夫最喜欢的。虽然使用香水、玫瑰等更能刺激器官功能，但是那样就会凸显出初美过分渴望的心情，反倒会让丈夫有压力吧。接着，初美又拿出了透明的淡蓝色睡衣与胸罩、内裤，这些买回来后她一次都没穿过、始终珍藏的衣物都出自在丈夫担任主编的女性杂志上看到的外国名牌。自从羽生指出总穿优衣库的运动胸罩不会令男人产生欲望后，初美就开始在意起了自己的内衣。她想用剪刀剪下吊牌，但是想起剪刀放在客厅，没办法，初美只好用牙齿咬断了吊牌。要是这内衣吊牌出现在了丈夫眼前，好不容易制造的甜美氛围就彻底白费了。透明的衣料令初美的身体曲线若隐若现，同时，内衣上随处点缀的小花又显得那么可爱，31 岁的女人穿上这样的内衣，其目的不言而喻，这样应该能够令丈夫喜欢吧。初美用遥控器关了电灯，就像条美人鱼一样横卧在床上，然后她拿下发夹，头发一下子散开来。

"已经弄好了，启介！"

初美向着客厅，极尽慵懒地喊道。不久，卧房门打开，丈夫出现了。那样子就像王子殿下暗夜里到访一样，他坐上床后，轻轻抚上初美的脸颊，或许是因为酒精的作用，他的手很热，他万分欣赏道：

"这件内衣什么时候买的？很适合你，很可爱……"

初美伸手轻轻探向丈夫股间，那里硬得吓人，单是因为这个，初美那里就已经湿了。忍住想要舔舌的冲动，初美看着他，浑身透着期待。丈夫修长的手指触碰到了她的唇。那缓慢的动作和细致与他们相恋时并无二致。

"小初是世界上最可爱的，而且很温柔……让你配合我的步调，真是难为你了。"

他果然发现了，只是因为这样，初美就会原谅他这一年来总是因为疲惫而不断拒绝她的邀请这件事。同时，初美又因为自己对大学同学羽生产生过的那种心思感到强烈的后悔。

"但是，小初你一点儿都不觉得勉强，而且还能保持自己的生活节奏，总是努力而快乐地工作……你又让我多了新的喜欢你的理由。"

丈夫轻柔地推倒了初美，随后就吻住了她的唇，那吻中带着酒精和生鱼片的味道，从不吸烟的丈夫的气息令人很是放松。

"……咱们好久没亲热了。"

初美的内裤被脱掉，胸罩也移了位，丈夫大声地吸着她的乳头，缓缓地揉着她的乳房。

"又大又滑，真是漂亮的胸部啊，你看，你的乳头挺起来了。"

初美陶醉至极，这种奢侈的前戏时间远比直奔主题让她更加喜欢，她不用再像单身时那样，因为要晚归而对父母撒谎，也不用担心彻夜不归后第二天的穿着问题，或者担心宾馆的退房时间到了，她更不需要避孕，因为她随时准备迎接孩子的到来，她可以在总是保持清洁的家中，放心地做个够。两人的心意相通更是让初美有些亢奋，这是多么富足而幸福的生活啊，结婚真是太好了。初美非常想让丈夫早点儿知道自己湿成了什么样子，她想让他因为这个愉快的发现而感到得意。就在这时，丈夫却突然停住了。

"初美，等下。"

丈夫伸手摸出了枕边的遥控器，电灯亮了，刺眼的光亮令初美直眨眼，丈夫正一脸认真地在她的胸部四处按压着，他那公事公办的样子令刚才的旖旎气息完全消失了。

"你的右胸好像有硬块。"

"唉，是你多心了吧！"

初美惊讶地嚷道，她用手揉了揉自己的胸，似乎没什么感觉。啊，是他的神经质又开始显现了——一丝不苟的丈夫总会设想最坏的情况。旅行时要做计划，百货商店里购物要试穿……他总是要留出足够的时间，不遗余力地多次确认才行，与其说这是职业病，不如说这是他与生俱来的个性使然。

"你想太多了，来吧，我们继续……"

"不对，我感觉有硬块。"

丈夫一脸认真地捏着初美的胸部说道。初美虽然焦躁，但还是耐心地期待着刚才那种旖旎的氛围还能回来。

"真是担心啊……好，明天早上先去医院吧。我有一个高中同学在车站旁边的妇产医院上班，我以前和你说过吧，她是女医生，不用担心，我会陪你去检查的，明天我请半天假。"

终于，丈夫还是直起身利索地说道。初美很想哭，她伸手环住了那对于35岁的男人来说很是纤细的腰。

"嗯，好。你不用担心，还有啊，检查好像挺疼的……而且，那样还会让我想亲热的！"

"你说什么呢？最近我们杂志社做过乳腺癌慈善企划，我也读过。越是早发现，越能根治，防止乳房被切除。要是有所怀疑，一定要去医院检查才行。人过了 30 岁一定要仔细保养身体才行，我是最重视你的身体的。"

初美伸手探向丈夫的股间，就像他要温柔地体谅妻子一般，那里已经变得柔软一片了。初美忍住没有咂舌，如果是曾经的那些人——初美不可抑制地回忆起单身时那些令她憎恨不已的男人的脸，他们是只将她看作炮友的无情的花花公子，有个比她大的男人直到最后都瞒着他有老婆这件事，如果是以欲望为最优先的他们，无论是发现了她胸部的硬块，还是知道她拔了前牙，都只会忠实于自己的欲望，她是应该感到满足的，啊，这就是被爱的代价。

"我得确定下就诊时间，我去看下电脑。初美，你就好好休息吧。"

丈夫下了床，像对待病人一样给初美盖上了被子，他走出卧房后，初美还能不时地闻到点燃的香味蜡烛的味道，她踢开棉被，粗暴地吹灭了蜡烛，然后就一直盯着天花板。去洗澡吧，初美任由怒意支配着自己跳下了床。刚才还是充实人生证明的内裤上的斑驳，现在却感觉肮脏得令人窒息。

柜台里，站姿优雅的中年酒保正在用手掰碎圆滚滚的葡萄柚。他关节突出的手指刚一插入果实，柚子那明黄色的皮就闪电般裂开，种子与果粒冒了出来，酸甜清爽的香气四处蔓延。看到这一幕，初美的胸部被捏住时的感觉似乎又复苏了，她坐在吧台上紧紧地抱住了自己。

"快停，快停啊。就算你再怎么持续着无性生活，也不能这样啊！"

坐在旁边凳子上的羽生嗤笑着道。初美想起去年夏天，羽生刚开始放纵时，她也看到过他的这种目光，于是连忙慌张地舒展身体。

"我只是突然想起昨天做的乳腺癌检查，我的胸部还是痛。其实，我差一点儿，就脱离无性生活了！上周日，他很积极主动的，他可不是没有欲望，只是时间上总是不合适而已，他又不是宅男，我可不会被他干脆地拒绝。"

羽生随即摆出一副不高兴的样子，他嚼着蘸了柚子汁的莫吉托中的薄荷叶。

"我是没办法啊，在老婆原谅我之前，我连她一根指头都不能动，这是我俩复合的条件。不管怎么说，只要她能带着孩子回来，我就已经谢天谢地了。"

感觉自己说得有点儿过分，初美换上一副开朗的表情拍了拍他的肩。

"喂，咱们比赛吧，看看谁先脱离无性生活。"

"啊，好啊，来吧，比就比，输的人要请对方吃烤肉！"

一阵说笑后，夫妻问题也变得轻松了，这种话题只能和他说，羽生已经成了不可替代的存在，和无性生活斗争的同志。酒保放在两人面前的是用柚子汁制成的名为"微光之城"的鸡尾酒，那淡黄色的液体就如今晚的满月一样，微微照亮了四周。

"乳腺癌检查结果什么时候出来？"

"这周六，不过，只是做了触诊，我想应该没问题……"

初美低头看向胸部。虽然是得不到疼爱的器官，但它可有 G 罩杯那么大。青春期时，初美很讨厌自己的大于旁人的胸部，所以走路时总是弓着背，但最终她还是慢慢接受了这样的自己。最初她之所以将成为首饰设计师作为目标，也是由于想要制作出可以隐藏自己的大胸脯的长项链，胸部真不愧是构成自己的重要部分，一想到可能会失去它，初美就感到苦闷。

"那里还是疼吧？那个叫，乳房造影？用一块塑料板按压在乳房上，然后拍 X 光？"

不愧是有个优秀的护士老婆的人，羽生知道得真是详细。

"虽然没有我想的那么令人讨厌，但也是我第一次尝到的一种疼痛。尽管那名女医生人非常好……"

不知为什么，想起川越香织子，初美就感到坐立不安，她苗条的高个子与白大褂很是相称，是个给人清凉之感的美女，她的无框眼镜后的眼眸给人一种聪明之感，同时又带着让人十分放心的包容力，她梳着马尾，化了淡妆，身上带着微微的茉莉花香。

虽说触诊就是要这样触摸，但是被毫无关系的人抓住实在是一种非常刺激的体验，这让初美身上出了一层薄汗。女医生的手指出奇地长而且骨感，那感觉就像被男人的手抓住了一般，那是一只与她清秀的美貌所不符的大手，想到那手已经救过很多人的性命，初美就对它充满了尊敬与敬仰。不知为何，初美竟然想起了高中时和喜欢的田径队学长一起放学回家时的那种扬扬得意。

"我老婆也说过，要是过了30岁还能遇到有缘的妇科医生，那真是太棒了！你是准备要孩子的吧，那医生是你老公的朋友可真是太好了！对啊，你老公是名牌大学毕业的啊，他的同学也都是精英啊。"

"嗯……但是，那个医生……"

初美犹豫着要不要说，她拿起了鸡尾酒。

"总觉得好像是有点儿什么，总觉得她看我的眼神里有什么，触诊的时候怎么说呢，她的手指……"

那感觉就像是在执拗地试探初美的反应，她的乳头都立起来了，真是太糟糕了。那时，初美还隐隐感觉到了对方投向自己的视线。但是，当所有诊察结束后，她脸上露出的是属于专家的清爽笑容。

"应该没什么好担心的，诊断结果这周六就会邮寄到你家里了。"

看到似乎很担心的大学同学岛村启介，她明快地说道：

"岛村，你能亲自带着妻子来医院做检查可真是不赖啊，不愧是3年级7班出来的男女平等主义者！"

"川越，谢谢你，我们也没预约就直接来找你看病了，现在总算是放心了，下次请一定到我家来玩。"

她和丈夫谈话间完全没有丝毫媚态，那种爽快的态度让人觉得她是个聪明伶俐的少女。初美对香织子越来越有好感，初美也想要在家里招待她，正因如此，初美才想要尽早消除疑惑。果然，羽生露出了吃惊的表情。

"那样看待给你认真看病的女医生，就太过分了吧，是你想太多了吧。"

果然是那样，初美放心了。一定是因为自己的身体好久都没有被触摸过，看来，如果人类长期没有肌肤之亲，那么就连他的心理也会变得古怪。

"希望检查一切正常，要是你胸部没有了，我也会感到悲伤的。嘿嘿……"

羽生虽然露出下流的笑容，但不知为何初美却感觉其中带着深深的慈爱。突然想起他是一个小女孩的父亲，初美喝光了鸡尾酒。

展会最后一天，所有的作品几乎销售一空。5 点过后，会场里的客人几乎走光了，来帮忙的朋友们也都回家了，初美总算松了口气。坐在画廊的接待处，初美透过玻璃窗无所事事地眺望着夕阳下的外堀街。这时传来了一个女人的声音。

"下午好，能在银座的头等地段举办展示会，不愧是初美啊。"

在那一瞬间，初美没有认出她是谁，那人一头烫成大波浪的长发配着充满光泽感的红唇，初美目不转睛地盯着这位穿着时尚的艳丽美女，茉莉花的香气终于提醒了初美。

"啊，是川越医生，您怎么来了？"

"别叫我医生，现在是私人时间，叫我香织子就好。我是从岛村的书上知道这里的，我都不知道你是这样的名人呢！"

在医院之外看到的她像是换了一个人，白大褂和眼镜下隐藏的春情逐渐释放，在她周围似乎有着一层淡淡的烟雾，她骨感的身材最大限度地展现了服饰的美，胸部瘦得仿佛能够看到血管，反而更加性感，初美羡慕地看呆了。

"难得您特意过来，真是不好意思，基本上卖光了……"

"没关系，没关系，正好今天休息，我也就是出来逛逛……"

两人随意地相互注视，香织子微微笑着说道。她似乎并不是来看首饰的，那么她是来做什么的？难道是来看我？想到这里，初美吓了一跳。看着她充满光泽感的嘴唇，初美不假思索道：

"有时间的话，咱们一起喝一杯吧？正好没有客人了，我也准备下班了。"

30 分钟后，她们去了香织子常去的御幸大街上一家创意和食料理店，看到蚕豆与海带碎做成的小菜像宝石盒一样多彩，初美的脑子里一下子闪现出了新作品的灵感。初美默默地盯着坐在对面喝着日本酒的香织子的雪白的脖颈，她的视线很快也投向了初美。

"岛村还真是爱你啊……没有几家太太是丈夫亲自预约乳腺癌检查的。不过，初美你确实很可爱呢。"

"没有啦！我又胖个子又矮，也不是美女……还是香织子你漂亮，我丈夫后来告诉我，你在学校那时可是众人追求的目标……"

"呵呵，但是，我并没有尝试过和一个男人长期交往呢，我和对方总是不适合，也许是因为我的性格偏男性化吧。要是早上醒来发现身边有人，我马上就想让他回去。"

　　初美觉得自己眩晕的原因不仅是因为频繁举杯，她们两人间的距离在迅速缩短，初美并没有想到会听到这种隐私。虽然香织子的话语中带着自嘲，但是初美还是对她的那种自由羡慕不已。像她这样有着高收入的美女一定能够无拘无束地生活，就算出现万一，她也一定能够独自生下孩子并抚养长大吧，而且，之后她还能毫无芥蒂地和别的男人亲热……想到这儿，初美开始焦躁起来。这时，香织子突然探身过来。

　　"你的项链真是可爱，那也是你的作品吧，能让我看下吗？"

　　"啊，要是您喜欢，我可以做一个更加适合您的优雅作品，承蒙关照，算是我送您的礼物。"

　　初美正要摘下项链，香织子已经起身坐到了她身边，茉莉花香包围了初美，初美耳畔传来的呼吸中带着日本酒的味道。

　　"男人找结婚对象，就是想要个妻子，像我这样的，始终要孤身一人，而且，再怎么看，我都是更受女生欢迎。"

　　初美发现她一直盯着自己的胸部看，那目光火辣辣的像是能够穿透她的衣服，自己有多少年没有感受到这样的目光了呢？

　　"我明白岛村是被你的身体吸引了……和我正相反……柔软的肌肤、大而漂亮的胸和屁股……真是令人羡慕。"

　　初美猛地咽了一下口水，香织子的注视令她感到苦闷，她的红唇近在咫尺，初美忍不住想要吻上去，她也一定是这样。同为女性就不可以这样吗？初美适时地思考着，就当作好闺密之间的逗趣，对，就这样继续。

"我喜欢医生你的手，漂亮的女性大手，令人欣喜激动……就像是钢琴家的手一样……我的手不好看，而且小。"

初美捉住了香织子涂了米色指甲油的手，那手指触碰到自己的胸部时的感觉再次复苏，让初美坐立难安。她遵从内心的指引，轻轻地含住香织子的手指舔弄起来，她的手指带着一种类似罗勒的青涩味道，想到即将到来的热烈，初美的欲望空前高涨，她的手指能探入自己的身体吗？下一秒钟，初美被浇了满头的日本酒。香织子随即起身道：

"你这是做什么？你什么意思？"

透过湿淋淋不断滴着日本酒的刘海儿，初美看到香织子羞愤地红着脸低头注视着自己。初美惊惧地拼命想要弄清现在的状况。

"你脑子有问题吧！我还是第一次被人这样侮辱，你是带着那种眼光看我的吗？别把我们医疗从业者当傻子！你不觉得对不起岛村吗？他为什么会和你这种色情狂……为什么你能和他结婚啊……这怎么可以！"

看来她真的生气了。初美惊慌失措地解释。

"但是，我做检查时你不时地偷看我……今天明明没事，又特意来见我。你用那种眼神盯着我看，任谁都会误会吧！"

香织子坐回自己的位置，抓起手包瞪着初美，她的身体微微颤抖着。

"我之所以会在意你，之所以会这样来看你，是因为你是岛村选择的女人！想到他喜欢你这种类型的，我就十分在意……在意到坐立难安！"

没想到香织子居然哭了，她慌张地扭过头，逃命般地离开了。初美终于明白了一切，她急忙追了出去，在柜台结账的香织子看到初美后，像是抢劫般迅速抓起找回的零钱就向出口走去。初美也全力跑到店外，终于追上了香织子，她抓住香织子的手腕，然后强迫她转过身，初美稳住气息，认真地问道：

"香织子，难道你对我丈夫……"

"是啊，我从高中时就一直喜欢他，上班之后，在同学会上见到他，我就更喜欢他了……"

御幸大街上的各色霓虹灯光芒闪耀，微暗中，看到毫无过错的美女因悲伤和羞愤而不住地颤抖，初美觉得自己一定要说点儿什么，只有两个人同样丢脸才有可能让她解脱，一定要说点儿什么，初美突然想到了。

"你没和启介交往是正确的！我家……岛村家是缺乏肌肤之亲的！我们已经一年没有夫妻生活了！"

"……"

"启介欲望极低！我一直在忍耐，忍耐到甚至连做乳腺癌检查都会有感觉！"

香织子吃惊地睁大了眼睛，过往的行人停下脚步，兴味盎然地看着初美，但初美却完全不在意，站在银座的中心，初美忘情地喊道：

"我爱我的丈夫，我也有需求，我真不知道要怎么办才好！"

这样就对等了。不，或许是自己更加丢脸，发现这一点时，香织子已经拿出手帕，替她擦起了眼泪。

后来，她们又来到初美常去的那家位于日本桥的酒吧，初美和香织子并排坐在吧台前，她出神地看着酒保用与此前相同的手法榨取柚子汁。

初美的胸部已经没有感觉了，虽然刚刚还感觉香织子的手像男人的手，但近距离看到真正的男人的手之后，初美发现香织子的手还是更白、更柔弱一些。

香织子打破了沉默。

"我究竟是怎么回事啊，直到 35 岁还忘不掉高中时喜欢的人……最近我总觉得孤单，我很羡慕那种家里有人在的生活，能被人照顾的生活才是无价的，无性生活之类的并不是什么大问题。"

"其，其实……我并没有那么幸运，是我先喜欢上了启介，然后大张旗鼓地追求他，虽然终于和他结婚了，但现在却感觉是我单方面地想要组成家庭，他对我很好，但是我已经不是女人，而是他的家人了。香织子你还会有很多次邂逅，但我只会为一张随手给我的贺卡而感到幸福。"

两人的面前摆上了鸡尾酒，和之前一样的微光之城，玻璃杯中有一粒果肉闪着光，看起来就像一滴眼泪。

"哦，原来是你先追的他啊，要是我也放下矜持主动追他就好了，也许初美你就是能让人变得幸福的女人呢。"

香织子叹了口气，目光落在了鸡尾酒上。

"不过，还是请你不要再来我们医院了好吗？看到你和岛村

在一起，我还是很痛苦，而且，这段时间里他也许就会当爸爸
了吧？"

　　虽然是一副玩笑的口吻，但从她的侧脸能够看出她的认真，
或许，这是她们两人最后一次单独见面吧，如果换种方式认识，
她们或许会成为朋友。想到这儿，初美有些郁闷，她们明明拥有
对方所没有的财富，明明能够成为相互理解、相互帮助的朋友。
初美感觉柚子的味道变苦了。

　　第二天，邮寄给初美的乳腺癌检查结果表明：一切正常。

半裸的酸橙

| ライムで半裸 |

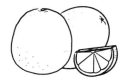

今年夏天到底喝了多少杯莫吉托啊！

初美嘴里一边含着冰块来回翻搅，一边数着装饰在玻璃杯上的月牙形酸橙，她回想着最近这两个月里喝酒的日子，第一次是七月，在东京中城后面的桧町公园，自己和闺密们一起郊游时，在露天咖啡店里买的莫吉托中放了新鲜的薄荷和足量的酸橙汁，那种清爽的口感好像让自己感动不已。自那之后，只要去酒馆或者咖啡厅点餐，初美就会点莫吉托，外出时点这个还不过瘾，她还在阳台上种植了绿薄荷，并且买了大瓶的巴卡第鸡尾酒，每天都会和丈夫一起享受自己亲手制作的莫吉托。虽然两人都因忙于工作而没能外出游玩，但婚后第四年的夏天却是前所未有的充实，初美学会了很多菜肴，比如，能够与这源自古巴的莫吉托相搭配的，加入了甘菊与香辛料的扁豆饭、炒海鲜等。每当在敞开式厨房里鲜少见到的香辛料瓶又增多时，初美就会觉得人生正在逐渐丰富多彩起来，种植着茂盛的薄荷的阳台上支着躺椅和圆桌。很多个夜晚，他们夫妇俩都会吹着夜风享受一番小酌之乐，虽然焰火大会时在阳台上只能听到音乐声，但还是很令人满足。今天已经是八月末了，虽然没有去爬山或观海，但是初美却并不感到遗憾。

"今年夏天很流行莫吉托呢。"

"是吗？我太忙了，根本没时间喝酒，所以不大清楚，感觉我好像没过夏天……"

坐在吧台右边的羽生老气横秋地嘀咕着，他肌肤干燥，驼着背，虽然初美以前就知道他在决算日到来前会持续熬夜，但最近的他也的确是缺少朝气，几乎都要让人忘了他俩其实都是 31 岁。他们每个月会像这样在他工作的会计师事务所附近的酒吧里聚上一次，彼此报告下近况。因此，初美才会注意到他的些许变化，他变成这个样子似乎不只是因为酷暑。

"我也没有休假啊，不过，由于今年冷气机坏了，我和老公度过了一个不用冷气的夏天，因此在家的生活方式都发生了变化。或许，就是这样才会过得很充实吧。"

"哦，这么热还不用冷气，你还真受得了啊。"

"我们会在种了薄荷、绿意盎然的阳台上乘凉，每天晚上都会在那里小酌一下，我俩基本上都只穿内衣，家里还挂了风铃，睡觉时开着窗子都能闻到香草的味道，冷气带来的冰凉感不错，不过吹吹夜风也不错呢，待在家里就有一种度假的感觉。"

"啊？你那个样子会被偷窥的！"

"我家住在顶楼——8层，而且我家的公寓是'コ'形，对面同层的老夫妇每年八月中都会去叶山别墅，所以没人会看见的，放心吧。"

"但是，你们夫妻两个都是半裸着晃荡啊，那样很色情啊，穿得太少了吧？"

羽生嫌弃地耸耸肩，但是初美并不在意。

"可能是因为去年中暑问题严重，所以会流行咸味鸡尾酒之类的饮品，不过今年流行的是薄荷味莫吉托，这是一种持续节约用电的潮流，是通过饮食获得凉爽的风潮。很不错吧？一边能够享受到美味，一边又能为地球着想，是吧，老板？"

初美对吧台后面正在弄碎鲜薄荷的头发花白的老板道，他如平时一样默默点了点头。羽生突然低声道："咸味鸡尾酒啊，去年我和你在这里一起喝过呢，西瓜味的。"

想着微甜的鸡尾酒与装饰着盐粒玻璃杯之间的反差的时候，两人之间的空气也变得凝重起来，想起去年两人相互言明没有夫妻生活时的奇妙氛围，初美开始心神不宁，羽生的手理所当然般伸向了初美裙子下的大腿，他一副陶醉的样子道："果然，你有着一副淫荡的身体……你的皮肤滑腻得让人爱不释手……"

他在初美耳边低语，初美猛地推开他，双眼怒瞪着他，老实说，单单是这样，她的体内就已经骚动不安了，但初美打算无视这种感觉。

"你还没被罚够是吧！因为你和事务所里的兼职学生偷欢被发

现，老婆和女儿出走，你哭着求她们回来，现在你们家好不容易有望恢复如常，你这是要做什么？"

羽生夸张地抚摩着他被初美打了的手，店里没有其他客人，所以不用担心别人会听到他们的话，老板还是一如既往地不去看他们，只专心地摇着混酒器。

"感觉你好像变了呢，还是那种恨不得让人想要拜倒在你石榴裙下的不温不火的情色比较好，是因为你露得太少呢，还是穿得太朴素了呢，那种色情感全没了，你就快变成大婶了？"

他嫌弃地上下打量着初美的着装说道。

自制的树叶主题饰品搭配胸前点缀着蕾丝的纯棉连衣裙，堆叠的丝袜搭配裸靴，这样在彰显成熟韵味的同时增添了可爱感，但这身初美引以为傲的穿搭却并没有得到羽生的欣赏。

即使如此初美也完全不在意，因为最近喜欢宽松的穿着，所以初美开始穿轻快的有机面料，她的内衣也通通换成了纯棉制品，出汗会毁掉妆容，所以初美不再化浓妆，反而开始用基础化妆品打造自然系的妆容。在每个酷暑中的忙碌日子里，初美觉得自己之所以过得心情舒畅，就是因为开始在家里煮饭，尽心去打造蔬菜丰富的健康饮食，并且开始穿亲肤的衣物。她的畏寒问题比之前好多了，而且还稍微瘦了一点儿，就连她的皮肤和发质都好了起来。

最为可喜的是，这一切都与丈夫的喜好相符，或许是因为担任女性杂志主编，丈夫对于流行时尚并不感冒，他喜好的是面料考究、素雅上乘的打扮。初美原本喜欢的是凸显身体曲线、色彩明快的连衣裙或是腰部紧收、下身蓬松的半身裙，以及如糖果般光鲜亮丽的首饰，但现在她觉得也该打扮得稳重成熟些了，毕竟现在的自己已经嫁为人妻，没必要再引起其他男性的注意了，只要丈夫一个人疼爱自己就够了。想好这些后，她的思考和喜好都变得简单了。如同崇尚天然的女性杂志所说，认真地经营每天的生活，你就会收获意想不到的结果，深有感触的初美夸张地挺起胸，抬起手肘搭在了羽生肩头。

"哈哈哈，我已经不是过去的我了，羽生。应该说，我又提升了一个层次吧。"

"你的心境变化是怎么来的？难道你终于和你丈夫……"

羽生脸色铁青，他激动地抓住初美的肩膀用力摇晃，初美带着笑，任凭羽生摇晃着自己的身体。

"你是要咱们的无性同盟散伙吗？这算什么，你也太狡猾了吧？你是不是太过分了？现在你要对我说什么？"

看着羽生几欲落泪的样子，初美忍不住笑了出来。去年自己受了他的诱惑，但他却无情地抛弃了自己，当时的羞耻与愤恨现在几乎要烟消云散了。老板对于他俩之间的骚动毫无反应，他默默地将第二杯莫吉托摆了上来。初美拍拍羽生的肩膀。

"放心吧，我家和你家一样，还在继续无性生活，但是，就算没有那个，我也不会再斤斤计较了，世界上还有很多比那个还重要的东西不是吗？这是我在这个夏天里好不容易才明白的。"

初美一边伸手拿过莫吉托，一边回忆起和几个人一起在桧町公园郊游的情景。最近自己总是和大学时就成为好友的芽衣子见

面，却很久没有和就读女子高中时的同学聚会了，她们都是已婚
却还在工作的人，因而彼此之间感觉不到任何代沟，聊天的气氛
很是热烈。大家一边享受着各自带来的手工三明治与油炸食品，
一边在露天咖啡厅喝着鸡尾酒，然后不知不觉间将话题转移到了
夫妻问题上，当最为健谈的本城菜子说出自家的情况后，其他人
就开始一个接一个地坦陈自己的情况了。初美在知晓了在场的 5
个人都超过 3 个月没有和伴侣亲热过时，那种安心感令她至今难
忘，在那之前的她曾经半认真地觉得全世界只有自己是没有夫妻
生活的已婚女性，因为她早已习惯了听芽衣子说她不满足于和上
司的不伦之恋，最近又有了新的小情人等。生了两个孩子的远藤
花江坦言：

"生完孩子之后欲望全无，两人之间再也不是男女关系，只是
家人，但是我们俩的关系却比之前还要好。"

"没错，没错！我家也是，我们已经有两年没过夫妻生活了。"

"半年一次不好吗？我是觉得这样已经够了。毕竟欲望每年都
在衰退。"

"并不是只有初美你哦，我和他都还有这方面的需求，有时间
的时候也想做，但是我俩的生活步调不一致啊。"

"这有什么关系！只要和丈夫关系好就足够幸福了！没有那个
也没关系啊！"

最后，大家大笑着举杯共勉。

"并非只有我在承受这些，这是全日本的夫妻都在经历的
事情。"

初美脸上浮现出从容的笑，她喝了一口莫吉托这样说道。

虽然自制的莫吉托也很好，但是终究比不上这家老字号酒吧里的莫吉托味道清爽。那舌尖上细碎的冰块带来的触感、朗姆的甜香，最棒的就是足量的薄荷与酸橙的酸味，将细细的吸管放在唇边，一口口地吸进冰凉的泡泡时，全身都会充满清凉与活力。

"是吗？你这是自欺欺人吧？"

想到这可能是初美在宽慰自己，羽生的表情更加阴郁起来。初美感到很恼火，或许是因为最近过得毫无压力，所以对方没有出现自己预计的反应让她的心情变糟了，此刻的初美觉得就连莫吉托的美味都削减了一半。

"所以啊，羽生，咱们就顺其自然吧，没有夫妻生活也可以说是两个人成为家人的证明啊，我们就接受这个现实，然后随遇而安不好吗？或许在那样的生活中我们又会获得激情了，比起性，夫妻之间还有更重要的事情，不是吗？比如轻轻松松、无所事事地待在一起，毫不吝惜地用自己栽种的香草制作鸡尾酒，出了汗就脱掉衣服，半裸着让自己慵懒一下也是幸福的。光是和爱的人一起度过每一天就已经十分幸福了，不是吗？"

羽生长叹一口气，满脸痛苦的表情。

"这不奇怪吗？竟然要让原本就有的欲望马上消失，听到别人也说没有夫妻生活，你就安心啦？这很奇怪啊，只是和别人一样就能解决问题了？"

确实，尽管如此，初美还是不想被人夺走她内心这难得的平稳，于是她坚称：

"但是，只要知道不是只有自己……"

"女人在这方面可真是奸诈啊，只要有人和自己一样就行吗？初美你并不是真的想要吧？亏我之前还因为你而失态，看到你为了丈夫一直在隐忍而对你肃然起敬，你这是严重的背叛。"

一口气说完之后，羽生"啊"的一声住了嘴。

"对不起，我的话过分了。"

羽生低头道，他的脸已经红到了耳朵，他不停地用吸管来回戳着莫吉托，后背弓得更深，头也更低了。

"我变得有点儿奇怪，一定是太累了，夏末的时候就一直是这样，是情绪不稳定吧……感觉我的人生正在逐渐终结，发现自己还有残留的事情没做就会焦虑、寂寞。"

羽生的话让初美大吃一惊。因为自己也曾经这么觉得，八月末总是令人悲伤，无论度过怎样的夏天都不能令人满意，这种没来由的郁闷还曾经惹得家人和朋友十分担心，自己是何时掌握克服这种郁闷的方法的呢？

坐在飞驰的田园都市线电车里，尽管已经到了自己要下车的三轩茶屋，初美耳畔还是在回响着羽生的话，她觉得她不能允许自己带着这些没有消化的话语回家。

初美突然意识到，这个夏天她没有吃刨冰，于是停下了脚步，现在是八月中，所以家庭餐厅里应该还能买到，反正丈夫要 11 点之后才回家，自己的提包里装了画设计图的素描本，还是边吃甜点边创作新首饰吧。想到这儿，初美走向了位于站前便利店二楼的家庭餐厅，比起在家，在餐饮店里反倒效率更高，掉落在通往餐厅楼梯上的已经死掉的蝉在荧光灯下泛着黑光，蝉翼在夜风中微微抖动。

店内客人稀少，初美被引入靠窗的四人座沙发席，拿来纸质的当季甜点菜单，里面已经添上了"红芋芭菲""夹心蒙布朗"等带有秋天色彩的点心。她招来店员一问得知，在九月之前她还能吃到这家店的刨冰，随后她点了草莓炼乳刨冰，打开了素描本。

就在她用彩色铅笔勾画时，坐在她正后方的两个年轻男性的对话飘进了她耳中。

"总之她的胸超大的。怎么看那样子都像是在邀请我啊，感觉就像是在说自己饥渴难耐似的。"

"不可能有这种 AV 似的事吧？你是学得太多累坏了脑子吧？"

初美对他们的青春年少感到十分怀念，因而小幅度地回头看去，虽然短暂，但是初美的确也有过这样的一个时期，那时，她处于幻想中，感觉整天都有异性的视线在自己身上打转，现在的初美已经知道那只不过是一种意想不到的自满与自作多情而已。

乍一看，那个说话的人好像是初美经常在公寓里碰到的男大学生，她记得他留平头，眼睛漆黑，从他穿着的肥大 T 恤衫中能够看到他苍白的脖颈，对了，她好像还在公寓大门口或者走廊里碰见过他几次，就算你主动与他打招呼，他也会极不高兴地转开头，这就是现在的年轻人。在他看来，初美只是个聒噪的大婶吧，担心偷听被发现，她急忙转回头，视线落在自己的素描本上。这次，初美听到了坐在旁边沙发席上的十几岁女孩子们的聊天内容。

"结果还没等我交到男朋友，这个夏天就要结束了，什么都没留下啊！"

"我说，要是再这么下去，搞不好到圣诞节都要一个人过了啊！"

初美偷偷瞥了一眼，那是三个肌肤如蜜桃、四肢修长的惹眼少女，真不敢相信她们竟然没有任何邂逅，她们像是不知怎样用掉过剩的精力一般，搭坐在椅子边上，手托着腮帮说着话。她们一定会很快找到男朋友的，像这样在夜晚的家庭餐馆中，和女性朋友们一起叹息夏天的结束也会成为一段美好的回忆，这些因为没能给夏天画上完美的句号而聚集在此的年轻人令初美突然觉得很可爱。

刨冰上桌了，这是人工色素做成的粉色刨冰，是初美最近正在尽量避免食用的一种食品。初美用长柄勺在冰山上切下一角送进了嘴里，头部传来的强烈刺痛感让她不得不按了按太阳穴。糟糕，看来是吃不完了。过去这种分量的刨冰明明很快就能全部吃光的，初美有些小小的悲伤。初美又叫来店员，点了一份热欧蕾咖啡，这时她再次听到了后面座位上两个男生的对话。

"我感觉她明显是让我看的，她就是希望有人关注嘛！因为她每天在阳台上出现时的穿着都跟全裸差不多，她老公也是，那意思是要让别人看她的身体吗？还是某种游戏的一部分？"

初美不由自主地放下了手中的彩色铅笔，她知道自己将全身的精神都集中到了后脑勺。

"那是你想太多了吧？"

"那身材太棒了，感觉就像是在看 3D 版的成人动漫！我根本顾不上学习，明天爷爷和奶奶就要回来了，我也必须回自己家去了……"

"喂喂，你要是明年还考不上可就丢人了啊。不过，那样的身材我也想看看，一会儿去你家吧？你家的公寓就在附近是吧？"

"那不行，那是我一个人的消遣，我可不分给别人。"

初美的脸上血色尽失，感到头痛似乎也不光是因为刨冰了，不等咖啡上桌，初美已经慌忙地结了账，逃命般离开了那家店。

即使到了公寓，初美仍然惊悸不已。在确信与疑惑之间，她的心脏犹如钟摆一样摇摆不停，透气性极好的纯棉连衣裙不知何时已经完全贴在了初美的身上，刚进公寓大门，后面传来的招呼声吓得初美差点儿跳了起来。

"啊，岛村太太，晚上好。你刚下班吗？真是辛苦啊。"

说话的是住在初美家隔壁的江原先生的太太，50 多岁的她为丈夫和女儿准备好晚饭后，就会像这样换上一身运动服下来散步，也许号称情报通的她会知道一些什么。

"晚上好，那个，嗯……我想向您打听点儿事……就是对面那栋楼里和我家房间相对的那家……他家里八月份是没有人住的吧？"

"啊？那家应该不是没人吧，好像他家里的孙子来看家了。"

初美感觉喉咙里堵了个硬邦邦的东西，她们两人并排走进公寓大厅的自动门，初美极力表现得一如往常般进了电梯。

"他家孙子好像是个高考复读生，本来是和父母住在东京的，好像是说想要集中精神备考之类的，所以八月就住在这边了，顺带帮忙看家。"

"是那个总背个帆布包，留着平头，态度很粗鲁的孩子吗……"

"粗鲁？你认错人啦，他是现今少有的待人亲切的好孩子。对了，好像是叫淳平。怎么，出了什么事吗？"

甩掉因为好奇而双眼闪闪发光的江原太太，初美走到家门口，将钥匙插进门上的锁眼。

对面楼的房间里有人，也就是说，初美每晚衣冠不整的样子都被淳平看到了。比起难堪，初美更想要感谢他，看来她还残存着能够成为别人幻想对象的魅力，只是她自己将它们都忽略了。如果淳平表现出的那种粗鲁态度是为了隐藏对自己的欲望，或许，这一个月里她已经损失惨重了。他很可爱，而且非常年轻。

体内翻腾不断的焦躁感让初美十分怀念。

刚打开房门，一阵热气扑面而来，脱掉鞋子后，初美毫不犹豫地打开了起居室的窗子。对面那栋房间里还是黑的。

四张榻榻米大小的阳台被薄荷和香草花盆包围着，这个夏天她究竟在这里度过了多少个小时呢？因为出了汗，所以初美决定先洗个澡。

进入脱衣间，初美脱下连衣裙扔在一边，身上只剩内衣裤。纯棉的白色短裤包裹住肚脐，这种设计的内裤没有丝毫的性感成分，初美感觉有些对不起淳平，自己有些狼狈。她刚刚关上浴室门，钥匙插入大门锁眼的声音响了起来，是丈夫回来了，初美光着身子从脱衣间探出头。

"你回来啦，我正要洗澡。一起洗吗？"

"我回来了。好啊，一起洗。"

丈夫理所当然地进了脱衣间，然后开始一件件脱掉衣服。

两个人就这样开始洗淋浴，虽然彼此之间有过多次肌肤触碰，但是却像年幼的兄妹一般，自然且毫无邪念。初美不由得想象着如果将丈夫换作淳平会怎么样。如果和他一起洗澡，那么他一定会喘着粗气猛扑向她吧？

出了浴室，丈夫把毛巾裹在腰间走进阳台，他毫不在意初美的视线，利落地取出冰块和朗姆酒瓶，制作了一杯莫吉托。

"对面那房间里的男孩子正看着我们呢。"话已到嘴边，初美还是放弃了。八月三十一日，今天是八月的最后一天了啊，初美穿着短款的毛巾浴袍来到了阳台。

"薄荷长多了之后有点儿像森林了，微风吹过的味道真好啊！"

不久，丈夫手拿两杯莫吉托来到了阳台的微暗处，他自然地摘下薄荷，用已经浸湿了的厨房毛巾沾了沾薄荷叶，随后直接放进了杯子。

"风也有点儿凉了，明天那对夫妻也要回来了，像这样在阳台上消遣的日子大概只有今晚了。"

"是啊，真是个不错的夏天啊。咱们一起过的每一天都很快乐啊，干杯。"

玻璃杯碰撞，发出清脆的声响。头顶是一望无际的没有星辰的都市夜空，远处的尖塔闪闪发光。

　　身形瘦削的丈夫像现在这样躺在躺椅上时，初美能看到他下腹部的赘肉，明年，他的身材将会更加走形，初美自己也是一样，他们两人会像这样逐渐衰老，这是任谁都无法阻止的事情。淳平大概已经回家了吧。虽然窗子还是黑的，但是也许他正在黑暗中看着自己。

　　"好，来看吧，年轻人，这就是夫妻，无论好坏，始终在一起的才是夫妻，某天你也会明白吧。"

　　初美突然很想这样告诉淳平，初美向着对面那栋房间的书房位置装模作样地投去一个性感的媚眼，发现丈夫并没有注意后，她悄悄地敞开了浴袍，夜风抚上裸露在外的肌肤，初美立刻战栗起来，她紧咬着莫吉托上浮着的酸橙，心想：对他来说，自己会是适合他这个仲夏的消遣吗？

　　透过玻璃杯看到夜空中美丽的蓝月亮光辉闪耀。

　　来品尝这抛却欲望才得来的清爽幸福吧，让看着身体得不到满足的人生，正在逐渐缩短的焦躁感和口中的冰块一起融化吧！

　　初美在夜风中久久地闭上了双眼。

苹果泥

| 林檎をこすれば |

已经有几年没到过二子玉川站了，这里就像一座未来都市。

初美俯视着月台上大幅张贴的面向已婚女性的杂志广告："恋爱、梦想与家庭，我们都不想放弃，进入优胜组的总是'妈妈'！"令人感到自豪的文字跃然纸上。初美背着装了足够一周食用量的点心与食材的背包，抱着装满苹果的纸袋走出检票口。

高耸的尖塔形公寓里有购物商店，里面被打扫得干干净净、光亮照人，从装饰着红色、绿色的圣诞装饰与节日彩灯的杂货店内传来了圣诞歌的声音，这和月台上所见的多摩川沿岸的自然风景形成了鲜明的对比，不用去市区就能样样齐备，还能领略到大自然的美，这也许是最适合养育孩子的环境。但是，在把孩子养大之后，就会感觉孤独得只剩下自己了，这也是事实。

不愧是芽衣子选择的城市。芽衣子负责大型酒厂的宣传工作，是已经有了两个孩子的已婚妈妈，单是这样就已经很厉害了，而她还同时拥有两个情人，是个精力与体力旺盛、一般女性绝对无法效仿的人。这样的一个人也会生病，这还是与之交往了将近13年的初美第一次听说。据说芽衣子由于太忙而错过了打疫苗，就在这时她患上了大肆侵虐的流感，她的两个孩子——5岁的彩花和3岁的健人暂时交给了她在品川的娘家照顾。

虽然感觉有些对不起芽衣子，但初美还是干劲十足，要照顾病人这件事令她很兴奋。虽然比她大了5岁的丈夫看上去文弱，但是他的自我管理做得很好，因而从没生过病。为此，初美很想照顾一下别人。

初美和几个推着婴儿车的年轻妈妈擦肩而过，她们的打扮都像随时可以去当模特般完美，保养得宜的头发和肌肤引人注目，她们的孩子身上穿着漂亮的衣服，微风轻拂他们柔软的头发。

初美忘记了自己已经有两年没有和丈夫亲热的事实，她只是急切地想着，她想尽情拥抱那个皮肤柔软、带着乳香的温暖生物，她强烈希望那孩子能够吸吮得自己乳头胀痛，甚至让自己的身体累到筋疲力尽。虽然已经多次从已婚朋友那儿听说了生孩子和育儿的惨烈，但初美还是希望自己能够有此体验，包括那种痛苦。她想要了解生命的一切，希望能够亲手抓住远在欲望之上的东西。原本打算将无的放矢的母性投入首饰制作，但在大型展示会结束后，现在的她在有成就感的同时也感觉到了寂寞，她空荡荡的身体一旦力气用光就像要被风吹走了一般。

自己一辈子都抱不到自己的孩子了吧，这种预感瞬间袭来。

每当看着朋友家的孩子一年一年地长大，听到艺人产子的新闻，当这样与母子擦身而过，初美都会涌出这种阴暗的预感。31岁的她并不处于需要在意这件事的年龄，她周围也并没有人催她生孩子，问题来自丈夫的态度。

"我和你的孩子一定很可爱吧。"

虽然他会笑着这样说，但是从没想过要和初美有性接触。难道他觉得孩子能够自己蹦出来吗？不做点什么怎么会有孩子啊？最近的初美甚至想过去抢一个孩子，即便没有这件事，初美也为丈夫的言行感到生气。一个月以来，他们两人在生活上始终没有交集，丈夫以工作为由取消了多个年末的预定行程，而他回家也总是在清晨之后。尽管初美主动诱惑，他也会用"太累了，下次再说"来委婉地推拒，初美对此已经司空见惯。

初美了解女性杂志主编工作的忙碌，也知道这并不都是丈夫的错。初美自己有时也会因为投入工作，或者在忙着筹备展示会时完全丢开家务，甚至会不等丈夫回来就先睡了，那时的丈夫虽然也很累，但是他还是会为初美准备丰富的菜肴，或者帮她按摩。没有了男女关系之后产生的亲睦与温暖才是无可替代的。初美明白，如果没有他的支持，自己大概会活不下去。

尽管是在竞相耸立的尖塔形公寓中，芽衣子的新居也尤其突出，让人一眼就能发现，就算说这里住着艺人也不奇怪，看来芽衣子与担任企业咨询顾问的丈夫并不是随随便便就买了房子。在门禁处的对讲机上输入了芽衣子家的房门号后，初美就从对讲机的话筒中不甚清晰地听到了芽衣子的呻吟声，随后，电动门开了，初美略带紧张地进了寂静的电梯，然后到了 22 层芽衣子的房门前，她正要敲门，门已经开了。

"对不起，这种打扮就……从车站到这里好找吧？"

穿着睡衣、有气无力地推开门的芽衣子满脸潮红，初美很久没见过她素颜的样子了。她不描眉、不涂口红的样子和大学时没什么两样，这副十年没见的面容令初美十分怀念。

"这里显眼，很好找，二子玉川太棒了！好久没来了，这里好热闹啊。"

"初美，真抱歉，你那么忙还要麻烦你。"

"没关系，没关系，展示会结束了，我也比较闲了。"

初美脱掉长靴走进了芽衣子的家，一丝不乱的宽敞客厅里铺着地板，落地窗射入的阳光让地板泛着光。不是都说有孩子的家里凌乱不堪吗？

"我做了一些橘子味果冻，还有其他的零食，先放在冰箱里了，不知道合不合重久的胃口。"

"真是麻烦你了，哇，好漂亮的苹果，真红……"

芽衣子盯着纸袋，用略带热情的声音说道。那是初美住的公寓对面房间的老妇人——城山太太分给她的苹果，据说每年她都会收到住在信州的妹妹寄来的苹果，她说，辨别美味苹果的诀窍，就是挑选内里有着勃发生机的那一个。

"同一个公寓的老婆婆给的，我给你打苹果泥，厨房借我用一下，还要告诉我菜刀、菜板还有研磨器都放哪里了。"

初美强行把急着要帮忙的芽衣子塞进了沙发，然后给她盖上了毯子。这个现代厨房的水槽像新的一样闪闪发光，水槽里也没有积存物，虽然芽衣子整整两天都卧床不起，但是她家还是如此井井有条，这让初美很是惊奇。看来重久是个一丝不苟的人，而且也会帮助芽衣子做家务。初美想起了自从婚礼后只见过几面、始终只看芽衣子脸色行事的那个人，他长着一张不错的圆脸，被菜刀切成两瓣的苹果散发着香甜清爽的味道。初美觉得刀切的苹果会变味，于是决定捣碎它，她把削了皮的苹果放进研磨器，嘎吱嘎吱地研磨起来。

"你明明也很忙啊，可是你还是生活得很认真，和邻居们也有来有往的，多么温馨的画面啊！"

"嘿嘿，最近我总是麻烦城山太太，还请她教我做菜呢。"

城山太太送苹果时还送了自己做的引以为傲的苹果派，那苹果派好吃到令初美的丈夫赞不绝口。当初美把这件事告诉城山太太时，她非常高兴，还得意地要把做法教给初美。昨天初美学习了苹果馅的制作，下周就要学习折叠派皮的制作了。

"我可是基本上什么都从网上一键购入，也不和公寓里的邻居来往。"

初美将一个苹果磨成苹果泥盛进小碗，然后添上勺子，和炼乳一起送到了芽衣子身边。芽衣子用勺子吃了一小口，然后陶醉地呼出一口清凉的香甜气息。

"好久没人给我做苹果泥了，真是太好吃了！这不就是现下流行的奶昔吗？"

芽衣子享受地一勺勺吃着苹果泥。

"我倒是给别人做过，但是没给自己做过。苹果……"

芽衣子的眼睛看向窗外，抬头看着辽阔的天空。

初美最近经常想自己是否能像父母对自己那样，养育好自己的孩子。因为她是在家里工作，所以送孩子去幼儿园可能会有各种困难。不过，初美的很多同行也是有孩子的。考虑到首饰材料很容易被孩子吞食，很危险，初美打算将六张榻榻米大小的储藏室改成工作间，并且绝不让孩子进来。她认为自己的丈夫会是一个好爸爸，就算两个人都工作，他也会让孩子过得自在。当然，无论自己准备得多么充分，只要缺少起关键作用的夫妻生活这一环节，初美就什么都得不到。

芽衣子很快就端起碗，仔仔细细地用勺子把果泥刮到一起舀了起来。

"人就应该有朋友啊，男人啊，无论你和几个人住在一起，这种时候他都不会来看你。什么宠你、爱你啊，到了关键时刻，我还是孤身一人，真是自作自受。"

虽然芽衣子的语气里满是嘲讽，但是那声音里也带着苹果的甘甜。

"他们是不方便到已婚妇女的家里来的嘛。"

"才不是呢！他们都不是真正地喜欢我，大叔和小汪都是。"

大叔指的是她的已婚上司，而小汪则指的是那个刚进入社会的大学生。

"大叔啊，只是想从我身上得到活着的力量，而小汪满脑子想着做那事，一想到我已为人妻就兴奋不已。"

芽衣子茫然地仰望着苍穹。

"没有孩子真好啊！初美，你真自由，太羡慕你了！"

"是吗？可我很想早点儿要孩子……"

"啊，孩子并不是不重要。但是，有时真是太累了。有时候我觉得拘束我的就是他们。"

"你有两个情人还说什么被拘束？"

初美只是调侃一下芽衣子，但没想到她却表情认真地肯定道：

"是啊，生孩子之前的我更加狂放呢。"

"这座城市令人讨厌，你看到月台上的广告了吧，让人感觉有家人真好，妈妈是最棒的，可我有时真是喘不过气来，我会想，为什么我会被禁锢在这么狭隘的价值观里，一不小心在这个便捷的地方买了公寓？一想到要一辈子在这里假装好孩子，我就烦得很。"

初美虽然惊讶，但是稍微放心了些。大学时，她们就像这样，两人抵着头，互相倾诉绝不对外人言说的焦虑和愤怒。

"在这方面，初美你多幸运啊！你和丈夫情投意合，工作、生活两手抓，我感觉你的内心平静得没有一丝涟漪。"

"我一直都在动摇"，初美很想告诉芽衣子。不知从何时开始，她不再对芽衣子诉说自己的一切，她依旧喜欢芽衣子，也没打算让自己的人生过得卑微。尽管初美的头脑很清醒，听到芽衣子说起自己丰富的经历，她还是无法平静。

"能和邻居奶奶愉快相处，你真是厉害啊！这是你并不恐惧未来的证明。我最不会应付老年人了，他们身上带着一股死亡的气息，一想到我也会变得像他们那样弯腰驼背就害怕，到那时候，哪里还会有人愿意和我在一起？"

"不会的，等你变成老奶奶时，咱俩就到处去玩吧。来个朝圣之旅，去看歌舞伎表演或名家画展，把咱们的日常生活安排得满满的。"

芽衣子的表情终于一如往常了。

"你可真好啊，没有失败的人生真是太好了！我更加深切地体会到了你在我身边的好。"

芽衣子微微出汗的身上穿着薄款睡衣，透过窗子射进来的阳光衬得她肌肤透亮。初美想，芽衣子依然是个漂亮的女人。

"芽衣子，我给你擦擦身子吧，你身上全是汗了吧？"

"哎，好啊。不过我没洗澡，也没脱毛……"

芽衣子鲜少一脸为难的样子，她吞吞吐吐的表情很是色情。就是这一点吸引男人吧？初美冷静地观察着。当她胡乱想到芽衣子也许是怕自己身上的吻痕或抓痕被发现，心底突然升起了捉弄人的快感。她从卫生间拿来了几块小毛巾，浸湿后拧干，然后放进微波炉加热，加热一分钟后，她玩笑着强行把手伸向了芽衣子的睡衣。

"别客气。"

芽衣子的后背光滑，瘦得皮包骨头，身材和大学时代一起去温泉旅行时完全一样，真想不到她会是生了两个孩子，还和几个男人同时交往的已婚女性。她的腰肢纤细得如同少女，漂亮小巧的乳房上有着与之极不相称的大乳晕，那颜色与其说是粉色，不如说更接近红色，鲜艳得令人吃惊，甚至会让人将它们错看成牡丹。就在初美看着她赤裸的后背时，芽衣子嘀咕着道：

"真好啊！能和自己喜欢的人结婚。"

"你最初不是因为喜欢你丈夫才结婚的吗？"

"嗯——与其说是喜欢，不如说是被逼的。那时候我总是被男人甩，所以就自暴自弃……初美，你有没有想改变的时候啊？"

芽衣子一边说，一边伸手抽出面巾纸，用力擤鼻涕。

与羽生的吻、对小叔贵史的不该有的幻想、因为被住在城山家的孙子——淳平偷窥到了半裸的身体而产生的情动等一一复苏，和芽衣子相比这些都是小巫见大巫，初美也无数次幻想过离谱的事，其实就是不想停止这种幻想，初美相信自己对丈夫的爱，但最近好像不太确定了。初美决定实话实说：

"有过啊，不过，要不是觉得不能做，要不就是想着在外面玩玩之后没脸回家正常生活之类的，这么想来想去的还真是烦人。"

初美有时会想，是不是"烦"这一负面情感构成了人的一生，如果她再努力一点，或许事态就会变好。

如果她去美容沙龙，每天穿着漂亮的内衣，不间断地脱毛并增添性魅力，丈夫是不是会重新热情起来呢？初美想着总有一天要尝试一下，但现在她还不想那么做，因为丈夫自己也不想努力。

"如果不麻烦，你就会乱来了？真不知道我是该松口气，还是该感到失望。"

芽衣子冷笑着，像是想起了什么。

"顶着蓬松的头发，换过衣服，孤零零地走回家。刚才还是两人在温暖的屋子里，现在立刻就变成了一个人。抱着沉重的秘密，一边想着头发的发根还没干透，回家后要马上脱下内裤洗掉，一边拥紧逐渐变冷的身体走回家。此时的身体十分倦怠，可还是要忍耐着在寒风中行走，还要带着若无其事的表情回到日常生活中。这需要极大的气力与体力，就像去外国旅行一样辛苦，做这些对我来说太勉强了。"

"嗯……你说得对，看来你做过现场模拟啊，你真的没有和你丈夫以外的人试过吗？"

芽衣子有些吃惊地睁大眼睛。

"没有。但是，这种事大家总是会想的吧。"

一想到丈夫也许会这样想，初美就感到心凉。每晚回家时，自己心底的想法可不就是感觉孤单，但去找另一半又怕麻烦嘛。自己的确想亲热一下，如果可以，现在就想做。想到那个另一半也可以不是丈夫时，初美打了个寒战。

大概是擦过身子后爽快了，芽衣子表情愉快。换上新睡衣后，趁着全身还暖和，她高兴得要去卧室。就在陪她到了卧室门口时，初美犹豫了一下。微暗的卧室里有着和自家房间里一样的气味和湿度，感觉就像与自家的房间相连似的。芽衣子躺进被子里，露出满足而得意的笑容。

"病倒了真好！好久没有这样和你聊天，或者考虑自己的事了，只要有足够的时间，我就能够做回我自己。啊，对了，量体温！体温计放在哪儿了呢？"

芽衣子坐起身，粗暴地挪开枕边的纸巾盒。初美发现了一个四方形光亮的东西，没看错的话，那是避孕套。初美轻轻地咽了咽口水。芽衣子丝毫不觉难为情地耸了耸肩。

"……你和你丈夫不是关系冷淡了吗？"

"是啊，不过，这和那个不一样，次数当然是很少的，其实就像完成任务那样一个月一次，感觉就是敷衍一下。"

芽衣子满不在乎地说道。两个人关系冷淡了还会每个月一次，这在初美看来真是个梦寐以求的数字。

"要是生出第三个孩子可怎么办？那可真是太恐怖了。"

初美勉强对着芽衣子露出一个笑容。她已经不是小孩子了。不会因为人世间的不公平诅咒、抱怨。

也许芽衣子拥有而自己却没有的，并不是容貌或魅力，而是由内而外散发出的生命力吧。

比起芽衣子，初美的胸部更大，但是她的乳晕很小，带着淡淡的咖啡色。

那天下午，初美按照约好的时间，三点钟去了住在对面楼里的城山家。

初美按过门铃却没人应门，门缝里飘出来的煮苹果的香味传到了楼道里。初美今天终于能够学习折叠派皮的制作了。

"打扰了。"

初美突然有些担心这里住的老两口，她想起了三天前芽衣子说的"老人的身体会一天不如一天"。初美的手轻轻按下门把手，门并没有锁，她有些犹豫，但还是小心翼翼地拉开了门，她看到了一个不修边幅、满身是汗的男人，那正是城山家的孙子淳平。他呆愣着嘀嘀咕咕地解释。

"我感冒了，奶奶说病好前让我住在这儿……"

"你没事吧？"

这还是两人第一次面对面交谈，虽然有时会在公寓里擦肩而过，但是对方总是会给初美一个粗鲁的眼神，初美知道其中的原因。

"爷爷去下围棋了，奶奶去邻居家了，一会儿才能回来。奶奶一聊天就没完。我渴了，但是奶奶家里没有瓶装水。"

"知道了，知道了。我去给你拿喝的，你去床上躺着吧。"

初美脱掉鞋子，尽量不去看他。虽然感觉随便进别人家的厨房不像话，但是现在也没别的办法。上次来学习时，初美已经基本知道了这家的厨房里各种东西的所在位置，她记得矿泉水瓶放在水槽下面，将水倒进杯子里以后，初美向淳平走进的房门走去。

淳平老实地躺着，初美放心了。

原本用作书房的房间被改成了卧室，现在这里似乎是高考落榜生淳平的专用学习间。透过写字台的玻璃能够看到自家的阳台，初美浑身是汗。淳平大口地喝着水，随后养精蓄锐般闭上了眼睛。初美决定豁出去了。

"你见过我吧，这个夏天，透过窗玻璃？"

"你发现了……"

淳平已经充血的眼睛自下而上打量着初美，那目光似乎要把初美包裹在针织衣物下的身体曲线烤焦一般。初美很久没有遇到过这样的目光了。

"我受不了……感觉就像色情动漫里的画面……"

初美体内开始焦躁不安。

"那个……我知道这有点儿不礼貌……那个……"

淳平难为情地低下了头。初美终于意识到了哪里不对劲儿——淳平发出的声音是属于男人的放肆声音。

这就像小说里的情节。初美没想到自己的人生也会这样跌宕起伏，感觉就像是原本担任配角的自己，总算在历经数年之后站在聚光灯下，成了主角。

淳平盖在股间的毛毯处支起了小帐篷，像是在随时准备战斗一样。这和丈夫那总是软绵绵的部位完全不同。它就像优质的苹果，用力握住就能感觉到内在的能量。初美与他对视。他是事后不会产生纠纷的绝佳对象。

那么，初美为什么没有扑到他身上呢？她为什么没有踏出那一步呢？

明明没有开暖气，但是狭小的房间里却像桑拿房一样闷热。淳平一个人放出的热量就能让空气变成这样吗？初美呆立着，她觉得这就是活着。淳平是个活生生的人。

"我还是处男。"

面前的淳平看上去真的十分耀眼，初美甚至想要双手合十向他致意。

"我初、高中都上的男校，没机会认识女孩子。现在又是复读生，只顾学习没时间玩。"

"……等你上了大学，马上就能交到女朋友了。淳平，你很可爱的。"

"是吗？"

"是啊，你把现在让你闷闷不乐的烦恼忘了吧。"

初美说出了内心的想法，但是淳平好像并没有听进去。他两手交叉放在脑后，状似无聊地盯着天花板。初美告诉淳平好好听大人的话，随后想到自己也曾像他一样，直到第一次接吻、第一次肌肤之亲以前，自己都是在焦躁不安地和身边的人做着比较，甚至焦躁到睡不着。十几岁时的初美喜欢读书，那时候虽然会反复地念叨山田咏美在《下课后的音符》中所写的"不能享受等待的女人没资格恋爱"，但是等待的时间真是毫无乐趣，初美真的很讨厌自己。那时的她觉得就算没有很棒的爱情，只要有适合的求爱者，大概就能治愈自己的饥渴与焦躁吧。现在也和那时一样，如果她和丈夫在一起的时间能够更加从容、快乐就好了。初美并不想一生都没有夫妻生活，她要慢慢等待，等待着和丈夫步调一致的那一天的到来。

啊——，总是这样。自己的人生中总是因为可望而不可即而充满焦躁。

"我，那个，我想的只有初子。我想我喜欢你……"

"我叫初美。"

初美浑身无力地说道。淳平双目炯炯有神地盯着初美，他没有太多与女性相处的经验，又不能自由玩乐，在这样的状况下偶然看到了衣冠不整的初美，而这个人现在又突然出现在了他的房间里。不过初美并没有因为自己的魅力而激动。

淳平的眼中似乎充满了哀求，继而又无耻地闪着浑浊的光。再这样继续看下去，初美就会被稀里糊涂地吸引进去，于是她别开了目光。

"我去削个苹果。"

"啊，好。"

初美在淳平慌张的声音中迅速转身离开了房间，她深切地感到自己是个胆小鬼。与其说是为了丈夫，不如说是为了自己，初美是为了保护自己才逃跑的。但是，她会把那眼神死死地烙印在脑海里，她觉得在此之后可以用这些回忆来安慰自己无数次，她死也不会忘记自己浪费的大好机会。

初美从餐桌上篮子里堆放的苹果中拿起了一个，在厨房里找到了削皮器、盘子和菜刀。厨房里的每个调味瓶上都贴着手写的标签，银色的锅和水壶彰显着年代感，它们在向初美讲述着老两口的多彩生活。

初美希望在削完苹果前，自己还是淳平心中的爱情女神，她尽量慢慢地削着苹果皮，苹果皮呈螺旋状，像一条垂下的红色丝带，鲜艳弯曲的样子和血管一样。那是淳平和芽衣子都有，而自己却没有的贪婪的生命力，它无关对错，只遵从身体的意愿。

研磨器碾过的苹果泛起泡沫然后又消失，初美将苹果汁和果泥盛入盘子，令人怀念的香味在初美身边弥漫开来。儿时，如果感冒了，只要张开嘴等着，妈妈就会动手将有营养的东西送进自己嘴里。初美想起了冰冷的勺子触碰唇齿时带来的感觉，咽到喉咙深处的苹果泥水润而冷冽。初美挺直身体，想让自己冷静。儿时觉得这种给予是理所当然的，自己接受这一切却从没有对此表示感谢。那时实现欲望是那么简单，那种身心完全得到满足的日子不会再有第二次了。

初美想，今晚等丈夫回来后，就当是突然想起来，把自己照看对面楼里男孩子的事情告诉他吧。

只是一点儿也好，初美想要看到他嫉妒的神色，她希望能够看到安静的丈夫青筋暴起的样子。那或许会让她感觉到幸福。

"哎呀——！对不起啊，初美你已经到了？"

城山太太慌张的声音从玄关处传了过来。

玩火的柚子

| 柚子の火あそび |

这个单间里的暖气似乎开得太大了。

初美很担心 30 分钟前在新宿伊势丹买的高级巧克力会化掉。她手搭凉棚，确定着天花板上暖风的朝向。初美想尽量将巧克力放在不会被暖风直接吹到的地方，于是她将放在旁边椅子上的纸袋、外套与围巾拿在手里，又将它们转移到还没有人坐的对面座位上。无论怎样，为了买这款巧克力，自己排队就花了 15 分钟以上。小盒子里的 6 粒巧克力就花了将近 3000 日元。镜面般光滑的酒心巧克力上带着红色的"HOT"字样，巧克力里有柚子味的牛奶馅。上周，初美偶然吃了一个展示会上的赠品，然后就被它征服了。因为这个巧克力，初美连带还喜欢上了柚子的味道，而且还在网上大量购入了带有保证书的无农药柚子。

年年热度都在上升的百货商店内的情人节商战从某个时期开

始就不再以男性为目标了。来自全世界的优质巧克力虽然表面上是面向异性销售，但实际上已经完全成了满足与取悦女性自身的存在。它们就像是女性使用的血红色奢华口红、佩戴的精美脚链，又像是奢侈的进口透明女式内裤，不靠近本人根本看不到。可可的浓烈苦味与缠绵的甘甜渐渐融入身体，带来一种直入内心的陶醉般的喜悦。再没有哪种点心适合这样自我满足了。看着明亮的巧克力卖场中眉目如画的女人们，初美总有一种在奠基仪式上开大型宴会的感觉。之所以会产生这种不合理的想象，或许是因为她已经有两年没和丈夫过夫妻生活了吧。

　　她的腹部赘肉正在山羊绒针织衫上的裙带下悄悄聚集。胸罩下的钢圈有些勒紧，稍微呼吸一下就会感觉十分痛苦。还没消减掉过年造成的肥胖，二月就已经到来了。因为初美制作首饰时总是坐着，加之寒冬又不外出或运动。而且，展示会前后，她还会有很多机会得到相关人员赠送的高级点心。最近，她吃到的甜食都太好吃了。工作间歇吃糕点的意义对于初美来说远远大于嗜好。伽纳彻的丝滑瞬间就能转化为指尖的能量，让新的构思不断闪现。体形怎样都无所谓了——初美内心强烈地想。自己都已经能够在丈夫面前裸着身体走来走去了，再没什么可顾忌的了。尽管是在公寓，冬天换衣间里也很冷，所以走出浴室的初美已经习惯了在开着暖气的客厅里擦拭身体、换睡袍。

　　"对不起，初美。让你久等了吧？啊，现在你结婚了，要叫你岛村太太了。"

　　"没关系，叫我初美吧。"

准时来到的是初美的大学同学。高个子的上田身子躲在门后，只露出一张脸说道。被隔绝的居酒屋里的噪声从门缝里流泻进来。狭小的单间里，气氛瞬间活跃了起来。初美上大学时，研讨组的酒会大都开在一家连锁店里，那家店在一栋综合性建筑内，距离车站很近。上田订的这家店主要就是接待学生的，相较于30岁的成人会去的酒吧，这里有些廉价。听说上田做营销时，初美很意外。他们能够像这样见面，也是在几天前才决定的。今天又是星期五，他们应该没有时间在店里多谈。上田刚要就座，就看到了座位上的袋子。

"这个袋子……设计的是火柴？"

初美按下召唤铃，拿过菜单开始点菜。

"对。今年的 Ivian，就是这个巧克力店家。据说他家的情人节主题是'玩火'。他家的包装袋全部是以火焰、火柴为主题的。制作巧克力的素材也选取了柚子、姜粉、酸橙等暖性食材。"

初美记得上田似乎是在饮料厂上班，大概不会对这种话题感兴趣，可他只是微笑着听着。当他眯起他的大眼睛时，眼角聚起了大量皱纹。初美有些坏心地决定好好观察一下这位已经31岁的"经济系须田研讨组王子"。据说那时候的女孩子们有半数都将他当作自己寻找另一半的标准。他尖尖的下巴和大眼睛以及挺直的鼻梁至今健在。唯一遗憾的是，他的发际线大幅后移，后脑部原本颜色浅而薄的柔软头发也已经变得稀疏起来。

"是吗？这是给你丈夫买的情人节礼物吧。你丈夫真是幸福啊。"

感觉后背一凉，初美应付地一笑。没错，上田就是这样的人。

他的反应总是慢半拍，而且还经常会忘乎所以地使用过气的词汇，胡乱破坏大家营造的好气氛，最后造成冷场。他虽然不会令人讨厌，但也没人会主动去接近他。这或许就是他虽然有着王子的盛名，却没有多少花边新闻的原因吧。

"根本不是。这是给我自己的褒奖。这种凝固巧克力的好处是男人不懂的。"

初美说话的瞬间，他的表情像是责难，又像是怪罪，初美不知不觉语速快了起来。

"当然，我会好好送份礼物的。嗯，我打算情人节当天做一份香槟软巧克力送给他。还会送他围巾。"

初美急急地冲口而出，她害怕自己不说就会被他发现真相。还有一周就是 2 月 14 日了，现在初美才意识到，自己还没有思考要送丈夫什么情人节礼物。去年她很早就计划要烤蛋糕，并且织件毛衣送给他做礼物。他们的夫妻关系没有变差，也并没有不关心对方。但是，自己无论送了丈夫什么，他都同样开心。也就是说，现在无论自己送他什么，他也不会更加开心——这是初美最近的感悟。

"哦，你可真是位好太太啊。你丈夫真是幸福。你有个幸福的家庭。"

初美瞬间浑身恶寒。这是社交辞令，对方的话并没有错。但是不知为什么，初美感觉很不高兴，甚至想夺门而出。为了阻止这种想法，初美利落地开始向走来的女服务员点菜。

"嗯——要这个特制柚子鸡尾酒。上田，你喝啤酒？还要玉子烧、恺撒沙拉和……"

店员重复了一遍订单后离开了。一直在等着她离开的上田略带强势地开了口，话题又回到了原点。

"初美，你过去一到情人节，就会拼命给男朋友做巧克力。该说你是专一呢，还是勇敢坚强呢？"

"啊，有那种事吗？"

其实初美是记得的。但因为太过丢人，所以初美假装忘记了。那时她的男朋友是学校的助教——正在读研究生的学长。虽然自己那时有恋人，但都是那种自己主动才能持续的痛苦关系。如果有人让她回到当初，那么即便能够找回那时的苗条身材、不知疲倦的身体以及光滑靓丽的肌肤和头发，初美也绝对会大声喊NO。

"我还记得。情人节的早上，我看到你给研讨组的女孩们看你做的点心，而且幸福地聊着天，我就笑着想真好啊。光是看着你都会让我感到幸福。"

幸福、幸福——又来了。初美忍无可忍地简短带过。

"没有那回事。"

上田瞪圆了眼睛，一副我就知道你会这么说的样子。

"啊，没想到你会这么说啊。要是你初美还不幸福，那还有谁幸福啊？真是让独身的我羡慕不已啊！"

"夫妻关系并没别人看起来的那么好。那时候的恋爱也并没有那么好。现在我们的关系虽然顺利，但是结婚后的两个人就不再是男女关系，而是变成了家人……"

初美并没有想过要说这些。自己心里所想的并不是这种用平常话语就能表达出的内容。初美很讨厌这种被上田牵着鼻子走的感觉。学生时代的自己只要看到顺眼的人就会什么都说，但是和那人的进展却并不顺利，大概就是因为自己不善主导吧。

　　店员拿来了柚子鸡尾酒和啤酒。看着并排放着的鲜柚子和榨汁器，初美厌烦至极。这是什么"特制"啊！看来这家店是要客人自己榨汁的。在很久以前的相亲大会上，这好像是能够吸引一部分女孩子的压轴戏。但是，现在的客人就算是在饮品店里付钱都会觉得麻烦。没办法，初美用毛巾擦了手，握紧半个切好的柚子放进中心凸起的榨汁器里，然后用力向下扭压。来回扭转柚子时，一股清爽而独特的香味就在单间中弥漫开来。不知为什么，每次闻到柚子的香味，初美总是有些伤感。因为在甘甜过后，你就会尝到其后而至的苦味。那是不容人忽略的味道。这柚子太干了，它和自己家里那些又大又水灵的柚子完全没法比。而且，柚子里全是籽，基本没有果肉。来回滚动掉出的柚子籽就要溢出榨汁器的边缘了。初美将好不容易得到的柚子汁倒进鸡尾酒中后，终于与上田一起举了杯。初美的嘴唇触碰到了带着水滴的酒杯，杯里的酒几乎没有味道。为了尽快结束这个酒会，初美打算直入主题。

　　"对了，你说要拜托我做首饰，对方是你的女朋友？"

　　"不是……"

　　"哦，那就是工作上多有照顾的同事？情人节时收到男性的礼物，真是太棒了啊！那么，你的预算是多少呢？"

　　"嗯……"

上田突然惜字如金了。上周，他突然去了初美举办的展示会。简短的叙旧之后，他突然说想要拜托初美制作首饰，因为希望能够赶在情人节那天做好，所以主动问初美是否能抽时间单独见面。

"那她给人的感觉是什么样的？能说得详细点吗？"

初美从皮包里拿出了构思用的素描本和彩色铅笔，然后利落地打开了本子。

"她头发的长度？个子高吗？平常穿着的颜色是？嗯，可以说说和她感觉相似的女星，或者正在看的杂志、喜欢的电影等，这些都能给我启发……"

"初美……对不起。"

上田露出有些不好意思的淡笑。荧光灯下看到他的白皮肤非常干燥，初美发现他原来上了妆。

"其实我说找你做饰品是假的。"

"哎？！"

失望与愤怒令初美皱着眉大叫出声。来上菜的店员饶有兴趣地对比着两个人的表情。初美一边盯着端上来的恺撒沙拉、玉子烧和裹着脆皮的油炸品，一边故意大口地喘息。为了空出今天这个时间，初美调整了自己的日程。想到自己累死累活赶工的情景，她已经想要杀人了。或许是初美的表情太过可怕，因此店员离开后，上田换上一副畏惧的媚颜。

"无论如何我都想要见你一次，单独见你。"

初美听后很惊讶，心里开始咚咚作响。她耳朵发热，膝盖内侧也开始不正常地出汗。自己绝对不会吸引他的。尽管如此，初美也感觉只有他们两个的单间里气氛凝重。初美好像在哪里遇到过与此相似的场景——对，是在两年前的夏天。她和同一大学的同学羽生也出现过不正常的气氛，这和羽生趁着酒醉和她接吻的时候完全一样。刚刚还令初美感到焦躁的男人，现在只要他稍微做出一点儿对自己有意思的表情，初美的身体就会敏感地做出反应。大学时代那个天真烂漫地想着结婚后就对丈夫一心一意的自己如果在这里，"她"一定会羞愧难当的。原来自己竟然变成了这么龌龊凄惨的成年人。

初美将愤怒的矛头转向丈夫。她对始终远离自己的丈夫的愤怒正在持续飙升。尽管她没有说出口，但她的态度与表情应该也能表现出来。自己明明是专一的类型，就是因为和他在一起后，自己才会堕落至此。

"初美，一点儿都没变啊！"

"怎么会。我已经变成阿姨了。"

"初美很有魅力的。你很知足，是个好女人啊。"

上田说完就起身坐近，近得几乎能够挤到初美。与其说和他发展不三不四的关系，不如说初美更希望他能老实地赞美她，赞美她的身体、面容、仪态。

"但是，要想再进一步，你就不能停滞不前。首先，你要清除你内心的暗流。否则是不能到达最后阶段的。"

"最后……"

初美不知所措地反问，自以为是的上田则故作郑重地说：

"我希望初美你能够来一次我们的聚会。不是什么奇怪的聚会。这是一个新加坡大型企业也参与了的自我启发研讨会……"

恺撒沙拉上浇的乳白调味汁和干枯变色的生菜一下子看起来那么脏。初美身体里的火猛然熄灭了，眼前的一切变得分外鲜明。

"等一下。那个研讨会的名字呢？上田，你现在在做什么工作？不是在饮料厂就职吗？"

像是为了躲避初美的问题一样，上田目光炯炯地盯着初美道：

"我上周遇见你时，感觉你很痛苦，一看就是没有获得满足。你带着一种没能获得满足的表情。"

初美终于知道为什么自己应付不了这个男人了。她瞬间为自己刚刚对他产生的激动心情而感到恼火，初美干脆一口喝干了杯中酒。果然，这酒既没有柚子香，也没有酒的味道。初美情绪低落地将玻璃杯放下。见初美始终沉默，上田状似故意地喊了声："初美？"然后他打算一直偷看到她有所行动为止。初美做出了决定，她突然站了起来。

"那个，我得去外面打个电话。突然想起一点儿工作上的急事，我马上回来。"

初美抓起围巾、大衣与皮包，看也不看上田说道。她的手扶在单间门上，然后一溜烟儿向着出口奔去。初美一边等着电梯，一边拿出手机。初美打算给现今还有来往的同一研讨组成员——情报通羽生打个电话。通话音响过几遍之后，羽生接了电话。初美心里总算一块石头落了地。电话中能够听到他所在的会计师事务所内嘈杂的声音。

"羽生，现在说话方便吗？我现在和过去同一研讨组的上田在一起。"

"啊呀呀！终于轮到你了吗？你现在快点儿离开！上田……"

羽生有些兴奋地说着如同侦探剧台词一样的话，但初美却被店铺入口处围桌而坐的大学生男女的对话而吸引。

——这个柚子甜酒真好吃。这个季节果然还是得用柚子暖身啊。

——不是说柚子会让身体冰冷吗？

——不对啊，是暖身的。不是还有柚子浴吗？你看，柚子味在嘴里会感觉有一点儿暖吧。

到底是哪个呢——羽生在叫嚷着什么？初美有些分心，根本没有听清。

"对不起，我听不见啊。等我出来再说。"

初美推开了电梯对面连接外楼梯的厚重铁门。夜里的寒冷令初美的头嗡嗡作响，甚至都快要哭了。脚下阳台上的霓虹闪烁，钟塔显示现在是十点半。羽生看不到初美的情况，仍然继续说道：

"他也来过我这儿，大概两年前吧。那家伙总是单方面地劝说咱们研讨组的同学。你大概是最后一个了吧。让你加入什么world wide solution。"

"啊，这名字……好像不是什么研讨会吧。"

"大概就是个羊头吧。我现在正在电脑边，我搜索了下world wide solution，你猜跳出的关键词是什么？欺诈、受害、宗教……"

羽生情绪亢奋地道。

"上田本来就是个帅哥，而且又很认真。越是那种类型就越不会离开那种研讨会。最后能当上干部之类的吧。"

"原来其他人早就知道了。他来我的展示会也是因为这个？但为什么他先找你，过了这么久才来找我……"

"因为你和研讨会之类的不搭边。"

"你什么意思？"

"因为事情无论好坏，你都能自己解决。你又不怎么听别人的话。"

虽然羽生的话并没有别的意思，但初美还是有些生气。想到这些都是因为上田，初美立时火了起来。

"你别生气嘛。虽然你被同学骗了很生气，但上田并不是彻头彻尾的坏人。"

你什么都不懂——但是，初美没法将这种焦躁的原因清楚地说出来。即便能够说清楚，初美也不打算告诉羽生。

"他也是遭遇了很多事的样子。不过，我也是听说的。据说以前他和快要结婚的女友闹翻了，还因为公司里的人际关系烦恼过，所以才会变得有点儿忧郁了。总之，你快逃吧。我的意思已经明确传达给你了。"

初美道过谢后挂了电话。她的手指已经冻僵了，皮肤里的水分全被夺走了，简直冷透了。她再次推开铁门，酒馆里的嘈杂和温暖令她松了口气。正要走向电梯，初美突然愣住了。

——忘了巧克力。

原本想就这样逃走的，但毕竟那 6 粒巧克力将近 3000 日元。初美勉强回到单间，上田一下子对她露出了笑容。

"我就知道你会回来。果然你是需要拯救的。"

初美故意大喘口气,她早已积蓄的愤怒就要决堤了。

"不是,是我忘拿巧克力了。"

初美抓起巧克力包装袋,站着俯视他道。上田神色古怪地转向初美。他在桌子上无所适从的两手慢慢交叠起来。

"不,你会回来是因为最后阶段的启示。放在我们的研讨会里来说,就是个人信息……"

"啊,真烦人。别用你的眼睛看我,少说那些漂亮话!"

忍无可忍的初美嚷道。没想到上田并没有吓到,他带着怜悯的笑容盯着初美。

"只有这样攻击别人才能释放你自己,可见你果然是不幸的。你得不到满足,你并不幸福。"

"你在说什么啊?你说的幸福是什么?幸福是因人而异的。用不着你规定条条框框,然后门缝里看人。可能你觉得你是对的,其实却是在扼杀自己。"

初美无论如何都想将这个男人拼命隐藏的感情挖出来。她眼中跳动着火焰,如同巧克力包装纸上印的火焰一般。初美忽然想起了刚才的大学生的对话。初美缓缓地抓住上田的肩膀,然后扭腰坐在了他膝上。初美发现他的身体变得僵硬了。初美坐在上田膝上,伸手拿过柚子大口咬了下去。柚子苦得让初美直皱眉。她把柚子籽含在口中,手搭在上田的脖子上向他耳边吹着气道:

"你说,柚子是让身体变冷呢,还是会让身体变温暖呢?"

"哎……"

他的嘴唇干燥，发出支离破碎的音节。初美突然贴了上去。上田的嘴紧闭着，初美嘴里送出的柚子籽掉在了两人的膝盖上。当初美终于离开他的脸时，他皱着眉，泫然欲泣地呻吟道：

"冷。"

"上田，你没有过女人吧。我知道的。看你的皮肤和你说话的样子就知道了。我也一样。你只看到你自己。这可不是聊天啊。你也不和别人建立联系，一个人就想自说自话地做出结论。你以前一直在关注我吧。明明一直看着，可你却没有出手。"

对。大学时代，上田的目光总是在追逐着初美。那大概不是爱恋，而是欲望，初美对此厌烦至极。如今，她再也不会因为异性的视线而感到饥渴。无论如何，初美讨厌与任何人都格格不入的上田。他目中无人，是走不出城堡的王子。各方面都很完美的他其实是厌恶他人的，所以他才总是与人保持一定距离。在说起朋友和恋人的话题时，初美故意大声让他听清楚。初美想让他仔细看着自己，看着尽管浑身是伤、尽管羞耻，也要构建带有人情味的人际关系的自己。

"还是当学生的时候更好。"

上田干燥的嘴唇动了动。初美从刚才起就不再看他的眼睛，只是凝视着他的嘴。如果自己不是凝神敛气，她一定会同情他。

"上学时有定期考试，季节变化时年级也会变。有升学式，也有毕业式。眼睛看得到的东西我都能够做到最好，它们令我放心前行……但是，现在……"

"你非要求自己做到最好，真是累啊。我也是。"

　　这绝对不是在玩火——初美对自己强调着，然后从他膝盖上起身。这是为了让曾经的伙伴再次恢复精神而做出的正确行动。虽然并没有背叛丈夫，但初美还是为了消毒而喝光了剩下的鸡尾酒。

　　"但是，我不会同情你，我要走了。"

　　初美拿起巧克力，再次裹上围巾。她留下了茫然盯着天花板的上田离开了单间。

　　回到家时，丈夫居然也在家。

　　"你回来啦，我正在烧洗澡水。"

　　热水的蒸汽和香味让玄关都温润了起来。这是我家里的味道——初美想起了自己独身时，隆冬时节也要回去住的那个冷得要命的家，那种冷清更让人惶恐。穿着温暖的圆领针织衫的丈夫微笑着走到玄关迎接初美。

　　"小初，今晚咱们洗柚子浴吧。就用你订的那些柚子。天气很冷吧。"

　　八音盒传来一阵丁零零的声音，一位女性播报员的声音响起："洗澡水烧好了。请关掉热水阀。"

　　小时候，每当在寒冷的季节里泡热水澡时，初美总会感到悲伤与不安，然后就会想哭。只有在冬天，初美会讨厌自己平时最喜欢的洗浴时间。想起这些，初美不想一个人去泡澡了。

"我的手好冷啊，你看。"

丈夫温暖干燥的手包住了初美的手。就是现在——初美想。初美穿着靴子蹲在玄关冰冷的地面上，她伸手抓住丈夫的腰带，靠过去闻着他的气味。

"小初，你干什么？你怎么了？你喝醉了吗？很脏的，至少让我洗个澡吧。"

颈畔响起了丈夫略带害怕的声音。

"洗澡水烧好了。请关掉热水阀。"

腻人的女声再次响起。那种不带丝毫感情的音调更加令她发狂，初美愈发动作了起来。

"来，快去洗澡吧。小初，好吧？"

丈夫的声音就像是在哄小孩子一样温柔而体贴，完全没有欲望的色彩。不仅是声音，这个家里的每一处都没有这样的色彩。这是用 35 年的房贷组成的、终其一生都无可替代的地方，但这里却没有丝毫欲望的味道。可那才是初美更想要的东西。想起衣橱深处始终没有用过的避孕套，初美突然很想哭。

初美抱着破釜沉舟的念头挑逗着丈夫，她要想些下流事，她想象着各种场景，但自己却完全没有兴奋起来。自己尚且如此，对方自然就更不会兴奋了。初美冷静地想，她觉得自己和丈夫都老了。

"初美，今天我没心情，等到时间合适时再说吧。"

初美又开始焦躁了。丈夫的语气与其说是平淡，不如说是太过冷漠。

"我的身体并没有什么奇怪的地方，我喜欢你。"

自说自话、不与人产生联系，总是一个人演独角戏——初美也是如此。总是放任自己单方面去思考，随意地受伤、吵闹，再振作起来。最终，自己其实并没有和任何人心意相通。在这一点上，初美和丈夫完全一样。无的放矢的欲望如同封闭在果皮之下的种子一样坚硬、老化。

"但是，初美你最近很可怕啊，表情很吓人。你硬要……男人……不会有这种心情的。"

感觉自己就像是劝人进研讨会的上田一样，初美想哭又想笑。

终于，他们两人始终都不触碰的夫妻问题已经化为言语，明晃晃地横亘在了两人之间。这是上田所说的到达了最后阶段，还是说这才是终结的开始呢？初美现在不想去思考，她害怕思考。

不管初美多么努力，她口中的那东西却仍然无精打采，初美指尖上的柚子味变为了喉咙深处的一抹苦涩。

失眠的葡萄

| ピオーネで眠れない |

初美上一次来这里是她 26 岁那年。那时独身的她的体重比现在轻 4 斤，此次是她首次来到翻新后的东京站。

抬头看向满是蜜色柔光的圆拱形屋顶，初美感受到一种走进大教堂般的压迫感，与她擦肩而过的上班族并没有注意到她，他们脚步不停地走向了检票口，对于他们来说，这里只是通勤需要经过的车站，初美觉得只有自己被留了下来，对于大多数人来说，此刻是一天的终结，而对她来说却是开始。

初美预订的特快卧铺列车"日出出云号"会在今晚 22 时从这里出发，她来得有点儿早，因此才会在这个如巨大迷宫一般的车站里闲逛。在初美没来过的这些年里，东京站已经焕然一新了。从土特产到食用荞麦，地下街内的产品令百货商店都相形见绌，人气店铺鳞次栉比。大量的商家信息如洪水般涌来，仿佛走入地牢般让人分不清东西南北的通道，令初美眩晕，走出丸之内站，初美不由得吐了口气。走在人行道上，初美仰头看着灯光照射下的红砖建筑，路对面，大楼里的窗户透出无数灯光。初美几乎要忘了这是身在哪个时代、哪个国家。夜风轻拂脸颊，带着些护城河的绿意和水润，与青草味混在一起。

去看看夜晚的车站吧，去住东京火车站宾馆。

初美他们夫妻两人曾经一边看着启介担任主编的女性杂志所刊登的东京站特辑，一边做着计划，想到这些计划完全没有实现，初美再次感受到了啃噬内心的苦闷。他们总是在忙碌，两个人对此已经习以为常。作为首饰设计师的初美才刚开始出名，尽管她并不空闲，却总是尽力调整时间配合启介的作息。

"我要出门一段时间，不用找我。初美"

感觉字面意思太过老套，初美立即撕掉了这张 A4 打印纸，然后拿出新的纸，重新握着钢笔潦草地写道：

"你做不了我的伴侣，所以我去外面找别人了。别找我了。初美"

七小时前，初美从位于三轩茶屋的家里飞奔而出。

马上就要出发了，初美再次穿过检票口，在令人恼怒的闷热中走向 9 号月台。橘色的指示牌看上去十分普通，细看才发现写着"卧铺特快"，来到地上月台后，初美再次被初夏的夜风包围，她按照车票上的数字来到了 10 号车的位置，红白色的车辆已经停在了铁轨上。充满韵味的车体上有很多大窗，这里很适合初美，列车那可靠的外观令初美感到放心。卧铺车之旅多浪漫啊，或许她会有一段冒险之旅，尽管知道这是白日梦，初美还是不由得浮想联翩。列车内的狭小通道上，初美与健壮的青年擦肩而过时，对视了一眼。初美有预感，或许自己会和某个人在某个单间里，在到达出云时互生爱恋。

奔出家门时，初美完全不知道要去哪里，她虽然有很多单身独居的女性朋友，但是去找她们的话就必然要告诉她们离家的原因，这让初美心情沉重。去家人那儿更是如此。正想着干脆去大宾馆里住上几天的时候，初美偶然看到了街道的"绿色通道"前"大受女性欢迎的日出出云号"的显眼广告，连接东京与岛根的特快卧铺列车"日出出云号"十分适合与无话不谈的女性同伴一起乘坐——初美记得那本东京站特辑里有过这样的介绍。卧铺车上会有一直开到天明的睡衣宴会，列车上午到达出云，她们可以在出云大社祈祷良缘。说起来，出云大社也是求子的宝地。虽然初美距离生孩子还远得很，但是拜一拜也没什么坏处。总之，在车里睡上一觉，醒后就会来到一片新大陆，甚至还能达到某种目的，这种设定想来就魅力十足。不过初美现在有些恍惚无力。

自己有为了爱抚抛弃全部生活的觉悟吗？脑中突然跳出的问题简直让初美如鲠在喉，或许因为今天是工作日，所以买票的乘客比较少。当她将柔软的车票拿在手里时，她感觉格外轻松，虽然她知道这是一种错觉。

初美打开车厢门进去了。十号车内的左右墙壁上，房门一字排开，过道狭窄到必须侧身才能过去，与男性乘客擦肩而过时，初美会和他们发生肢体触碰。初美按住写着的"B"卧铺单间的门把手，门被打开了，眼前突然出现的床铺竟和自己的视线同高。"好窄！"——初美小声嘀咕并瞪圆了眼睛。她原以为这里一定会有2张榻榻米大小，而且是书桌、淋浴俱全的小房间。可这不就是普通的卧铺嘛。初美觉得自己仅凭听说的信息就开始联想，甚至都没有先去调查一下的做法实在可恶。她大步爬上了只有两级的楼梯，然后一下子坐在铺着床单的硬床上。单是这样，初美就已经占满了整个空间。透过圆形的曲面玻璃，她能够看见夜空与对面的月台，它们近得仿佛触手可及。枕头旁放着很多零食，还准备了呼叫铃和台灯，备用品有带条纹的肥大睡衣、漱口杯、衣架，原以为一定会有的牙刷、香皂却全没有出现，这一点令初美很是懊悔。既然是受女性欢迎的项目，那就应该都备齐了啊——初美腹诽。这抱怨让初美大吃一惊，她决定集中精力，不要浪费这难得的旅行。火车是母性化的交通工具，忙碌的现代女性乘坐火车时，就像回归到了母亲的肚子里那般安逸——这是专栏作家酒井顺子写过的话。突然，初美慌忙取出手机，她装作并没有收到丈夫发来的大量邮件与短信的样子，把手机放在了床边的小小突起上。

"我累了，回头再说。"

昨晚，在被丈夫温柔拒绝的那一瞬间，初美的内心响起了破裂之声。丈夫激动地摇晃着，丢下自己，却和亲近的同事兴高采烈地发邮件。

"别像个女人似的噼里啪啦地玩手机！回头是什么时候？你说，什么时候？"

过去无论发生什么都不会对丈夫发脾气的初美，终于爆发了。

"要是你根本没有想要和我亲热的意思，那我就只能自己想办法解决了！"

初美已经不去想自己的要求是否异常，或者自己是否对不起丈夫了，这是很久以前就已经在她脑中存在的想法。明明没有什么理由，两人却已经两年多没有来电了。现在的她已经不在意怀孕生子了。首先，她想要的是摆脱终日纠缠自己的欲望。如果要继续这样生活，她已经不在乎丈夫是谁了，她用自己都没发现的如同小提琴拉走了调般的高亢声音对丈夫说：

"再这样下去，我就会一辈子这样直到老死了吧？我可不是为了这样的生活结婚的！我才 32 岁……我干吗要乐呵呵地过这种悲惨的生活啊！"

这些从未出口的话终于脱口而出，在感受到自己渐渐变得不像自己的恐惧时，初美也清楚地感受到了身心的解放与轻松。

"你身边只要有个能适时充当花瓶的人就行了吧？那我再找一个你认可的对象也可以吧？"

"你怎么可能找得到呢？小初，你怎么了？"

丈夫厌烦的叹息声令初美受到了强烈的伤害，她突然不能顺畅地呼吸了。

"你什么意思，你是想说谁都不会和我在一起？你太侮辱人了！我就是在网上搜搜也能要多少有多少，现在就……"

想到这两年中让自己产生幻想的男性，初美倒抽了一口气。仔细想想，自己并没有被人拒绝，只是在一厢情愿地陶醉，这些并没有什么值得骄傲的。

丈夫似乎想给沉默的初美一个好的解释。

"现在编辑部正处在忙碌的关键时期。你知道的，小初。员工在不断辞职，出版数量也在下降，还有谣传会被废刊，所以，我要努力，回家之后我想尽可能地多睡觉，休息日也要用来恢复精力。"

偷换成工作话题，真是会躲——初美咬着嘴唇想着。不过，她还是第一次听说废刊的事。原本还以为自己是贤妻的初美并没有发现丈夫的疲劳与压力，这样一来，她不就成了恶人吗？被害人是丈夫，而她则是凶手。他竟然在这个时候把这种起到决定性作用的王牌拿了出来。真不像个男人——初美的内疚霎时变为加速她的愤怒的催化剂。

"拜托，我需要时间，总有一天我会好好满足你的。"

看着垂头说话的丈夫，初美有种想要一脚踢飞他的冲动。

这样自己不就成了贪恋肉欲的人了吗？

"必须是现在，否则一切毫无意义。"

丈夫太过相信时间的力量了，那是不能解决任何问题的。平时的初美都会和丈夫一起起床，但是今天早上她却一动不动地装睡直到丈夫出了门。眼前摆着首饰零件，初美却完全没心思制作。自己已经那样祈求丈夫，而且也忍住羞耻吐露了心声，他却连一

根手指都没有碰自己。委屈而悲痛，她觉得这个家她已经不能再
待下去了。

　　初美的身体突然上下摇晃了起来，看来卧铺列车终于开动了。
卧铺列车慢慢开始加速，驶过了窗外丸之内建筑群所形成的光带。
自己已经有多少年没有独自旅行过了？因为双腿搭在床边坐着，
所以初美的大腿和屁股能够感受到比坐普通列车更加强烈几倍的
震动。

　　车厢内的广播响起，初美侧耳倾听。广播里详细地说明了这
列列车内的生活，初美突然有些难过。B卧铺的浴室看来是公用
的，必须买卡才能使用。初美所期待的车内销售便当以及餐车自
然都没有。自己刚才在车内的咖啡厅里吃了一个小的丹麦烧饼，
这就是她的最后一餐。列车到明早9点58分才能到达出云市，这
之前她什么都不能吃。初美瞬间想要飞奔下车，她的手猛然伸向
了手机。初美凭着记忆在手机上敲出"黑葡萄车站便当"开始检
索。结果很快就出现了。那是冈山有名的一家名为"入江"的便
当屋主页。对了，就是这里——初美舔了舔嘴唇。东京站特集号
之旅部分的装饰照片上有藤编篮子和可爱的条纹棉布十字架。那
是"冈山名产——黑葡萄小红帽篮子"。黑葡萄与红酒炖鸡、乳蛋
饼、小瓶装的葡萄汁，以及可以带皮吃的市售鲜葡萄。初美内心
强烈地想要尝一尝这些食物。初美稍稍犹豫，但还是试着拨打了
店铺电话，她根本不知道店家会怎么将餐点送到车上来。

　　"你好？"

电话铃响了几声之后，一个似乎上了些年纪的女性声音响起，那因为被打扰而带着乖戾的声音让初美不知所措，她怀疑自己打错了电话。她的眼角余光看到了东京塔闪耀的光芒。

"那个，是'入江'吗？那个黑葡萄……"

初美吞吞吐吐地说着。

"预约截止到送货前一天的夜里9点，网站上写着呢。现在已经闭店了，我们已经开始做清洁了。像您这样的客人真是添麻烦啊。那么，准备一人份就行了吧。明天早上6点27分，一定要在冈山站下车。我们不会备零钱，所以请准备两张千元纸钞带来。两张千元纸钞啊，绝对不要迟到，我们是进不了列车里的。"

"啊，哎，这么早？"

因为对方口气太凶，初美没能说出取消预订的话。她并不确定列车到达冈山站的时间，而且还要拜托乘务员一定要让她再上车。自从做了自由职业后，初美再没有6点钟起床过。她配合晚上10点回家的丈夫的时间，一般会在早上8点以后起床。少女时的初美就会因为低血压而头晕。平时都是丈夫把她摇醒，然后两人同时起床，常常是丈夫洗澡的时候，初美就准备早餐。——电话被对方挂断了。

初美仔细想了想，通常预订饭店及一些旅行相关的调查工作都是丈夫做的。初美想，明早要在6点10分时完全清醒，而且还要穿戴打扮好，不然会被那声音的主人嫌弃。为什么气定神闲的旅行会变得如此紧张呢？原本因为昨晚的争吵就没能睡好觉。就在初美无力的视线重新回到车窗的瞬间，她的目光停留在了经过的站台名上。初美听到了心脏的剧烈跳动之声。

大井町——一点儿都没变。这个站台就像位于谷底般昏暗，从贴着花砖的月台上看得到倾斜的绿色和老旧的招牌。这是初美小心尽量远离的车站。在 25 岁的夏天结束前，她再没有到过这个车站。这里是她曾经交往过一年的，比自己大七岁的男人生活的城市。那时初美作为正式社员，在代官山杂货店做业务。她满怀热情地乘坐京滨东北线到达这里，然后徒步走到距离车站 15 分钟路程的他的公寓。车站前的伊藤瑜伽一直营业到深夜，这样购买食物就方便多了。男人不喜欢初美住在他那里，每次在末班电车到来之前，她就会被冷漠得如同路人的男人赶出家门。在人烟稀少的深夜月台上，初美思考过许许多多的事情。就是在那时，她决定辞职成为自由首饰设计师。分手那晚，她好像是把男人送的礼物——奢侈但却令人厌恶的挂坠摘下来，扔进了月台上的垃圾箱里了。她发誓自己绝不会再为了迎合男人而改变自己的穿衣打扮，不会为了顾忌男人而进行不合时宜的设计。这个世界上的某处一定有个爱着自己的男人——那一天的初美如此坚定地挺起胸膛，咬牙忍住了哭泣。

刚才，初美发现有个横穿过月台一侧的年轻女孩子边哭泣边责怪着男人。"那样的家伙请赶快放弃吧。"——尽管她听不到，但初美还是自然而然地动了动嘴唇。在车站结束的恋情，大多是某一方的一厢情愿吧。

枕边的闹钟设定在了早上 6 点 10 分。脱掉连衣裙、外套和内衣，初美披上睡衣裹住胸部。只是这样就能感觉得到身体轻盈得想要飘起来。

　　初美调暗灯光躺下后盖上了被子。房间里变暗后，列车路过的霓虹灯或者擦身而过的列车灯光反而更觉得辉煌耀眼。初美并没有拉下百叶窗，只是那样出神地看着窗外。她很久没有一个人睡觉了。丈夫尽量不会安排出差，在校稿截止日也一定会在天亮时回来。虽然睡觉时间不一致，但两个人一定会并排躺在一起。初美可以感觉得到自己身下的铁路线。初美的皮肤和骨头都能感受得到铁轨和无数沙砾，以及不断转动的车轮。她觉得自己好像化身成了这列列车的零件之一，正在拼命地逃出东京。

　　初美想，也许是自己孤身一人，对肌肤之亲的渴望变得迟钝了吧。比起身体的接触，反而是异性的一句温柔话语以及关怀更让她激动不已。初美觉得正是因为和自己喜欢的人结婚后无法获得欢愉，她才会如此痛苦。列车似乎停下了，这里是列车停靠的第一站——横滨。窗外的多个宽阔月台连接在一起，看着满是下车乘客的京滨东北线的月台，初美记起了某个光景。

　　那是一个冬天，她那时将近一年都没有固定的男朋友。因为启介主编的杂志决定刊载初美制作的胸针，因此，总会约她在咖啡厅或者出版社里见面商量。启介的手指修长纤细，他对于工作的态度、听自己说话时的眼神让他看起来尤为温和，但他却会用轻飘飘的语气说出十分尖锐的意见。当初美发现时，她已经被他吸引了，于是她鼓起勇气邀他约会。他们去看了横滨美术馆里人气摄影师的个展，回来后又在看得见大海的咖啡厅里闲聊了4个多小时。初美此前认识的男人都会趁快到末班车时不露痕迹地暗示她去宾馆，或者是哪里的房间。但启介不同，当他看到手表上的时间后，记忆中的他突然站了起来。然后，他突然抓起初美的手猛跑了出去。初美早已做好了两人身体纠缠的准备，因此有些失望，心里悲伤地想着这份单相思可能马上就要到头了——直到现在她还记得那种悲伤。但是，当他们气喘吁吁地坐上京滨东北线的末班车到达了川崎，初美刚要独自一人下车时，他却笑着说："下次再见。"那绽开的笑容纯真无邪，让初美确信他们真的会有下一次的见面。他们两个人真正有了肌肤之亲是在半年之后。那一夜，初美有了重大发现。对了——初美起身，目光眺望着逐渐远去的横滨站。那时的自己有过一个念头，那念头依然清晰如新。

"夫妻生活什么的根本无所谓。我喜欢重视心灵沟通的他。"

毫无疑问，正是初美自己选择了温柔而认真的男人。透过球面玻璃看到夜空中闪烁着点点繁星。糟了，自己一直在思索丈夫的事。初美再次躺下叹了口气，这样下去根本体会不到旅行的乐趣。初美不想任何事情都含混不清。热海、静冈——列车不断停靠在一个个空无一人的月台上，深夜的月台前所未有的恬静。这些明明都是第一次看到，但初美却清楚自己感受到的寂寥。她感受到的苦闷似乎并不只是因为自己躺在这如同小橱柜一般的空间里，绝不能睡过头的紧张感让她一点儿也不能轻松。丈夫最能起早，这时如果和他在一起，那么自己就能放心地沉沉睡去了。初美不知不觉地抱紧了身体。啊——都是因为葡萄，自己要失眠了。

虽然没有喝水，但或许是因为火车震动刺激到了下半身，初美准备起身上厕所。初美懒得动，但她还是穿着睡衣，披上外套下了床。庆幸的是，房门上带有密码锁。她的手指随便输入的四位数字不知为什么竟是结婚纪念日。初美自我厌烦地走过通道，穿过一个像是沙龙般摆放了桌椅的空间后，到了男女公共的卫生间。当初美从卫生间出来时，一个手里端着酒杯的秃头中年男人正在沙龙里，就像是在等她一般靠了过来。

"小姐，一个人旅行？"

"啊，不，不是。"

初美知道男人的视线始终盯着她睡衣领口露出的胸部。

"你的胸好大啊，都能看见乳沟了。"

男人缓缓笑道，嘴里喷出廉价烧酒的味道。初美浑身战栗，慌张地转身跑了出去。她跑到通道上回头望去，男人仍然一动不动地矗立并凝视着她。糟了，他会记住我的房间号——初美虽然胆怯，但她还是用不听使唤的手输入了单间密码，然后转动把手跑进了房间。初美锁好门，多次确定门锁好之后，她终于躺上卧铺。她像少女般无助地抱住肩膀，不快与恐惧令她的双腿微微痉挛。如果是那个男人的话，如果自己拜托他，不，即使不用拜托，他也会毫不犹豫地冲上来吧，初美只是想想就感觉想吐。

货物列车的车厢从列车的窗口经过。

虽然初美非常想得到爱抚，但并不是谁都可以，她再次清楚了这一点。那个人要来历干净，自身要有某种程度的清洁感。而且谈吐也要幽默、风趣。初美不再想沐浴，她决意在早上到来前不再外出。建筑物逐渐变得低矮，天空渐渐变亮。清晨，偌大的大阪站如同古代遗迹般静静地伫立在那里，使人感到压抑。

结果，在到达冈山站前，初美根本没有睡过。她慢慢地起身，再次在睡衣外披上了外套，然后，她敷衍地围上围巾后走出了单间。走下列车，山间清晨的清凉空气让初美的喉咙都感受到了冰冷。10 号车厢前，穿着制服、披着防寒外套的 50 多岁女人就站在那里。她刚一看到初美，马上冷淡地递过来一个白色的纸袋，这大概就是那个接电话的女人吧。初美小声说着谢谢，然后慌张地取出钱包。

人们从列车上下来，神采奕奕地走向前面的车辆，初美停下手，歪头看着。或许是察觉到了初美的视线，那女人说话了。

"现在是在分离列车。"

"哎，列车要在这里分离吗？"

"是啊。7 号车和 8 号车会分离。从现在起，那边的列车就会变成'日出濑户'了。"

和她说的一样。不一会儿，7 号车开始慢慢远去了。初美听到了轻轻的拍手声。她的目光无法离开"日出濑户"。或许是因为一夜没能合眼，全身都感到了列车震动的关系，初美感觉那列车好像带走了自己的一部分寂寥。发车铃声终于让初美回了神。向那女人付了钱后，初美刚想飞快地乘上列车，结果却被抓住了肩膀。

"等下。你这是什么！这不是五千日元吗！"

"啊，对不起。"

"电话里不是说要带正好的两千日元，不是吗！"

女人表情扭曲，脸色明显涨红起来。

"那个，对不起。零钱我不要了。"

"等等！"

初美拿着纸袋挣脱那女人飞奔上"日出出云号"，她身后的女人惨叫着追了上来。

初美喉咙干涩，她还不想和"日出出云号"分别。她的心脏剧烈地跳动着。她不想离别，她不想变成不同的名字。如果他们分开了，那么终日忙碌的 30 岁男女最终不可能会复合。就像这背道而驰向西、向南不断前进的列车一样。

原以为这是他们两人中其中一人的问题，所以她才会找不到出口，痛苦不堪。其实这既不是初美的错，也不怪启介。这是他们两人的问题，是他们两人应该共同面对的问题。或许在他们开口说起这些时，夫妻生活再也不会有纯粹的乐趣。从前在末班的京滨东北线上获得的心跳，在第一次亲热后的夜晚掺着眼泪的得意扬扬，那样的感觉再也找不回来了。虽说如此，初美也不该逃避。在这次的卧铺旅行中她已经清楚地知道，自己一个人睡不着。

初美的胃突然叫了起来。她终于打开了食篮。漂亮的蓝色葡萄被如同烟雾一样的白霜覆盖着。里面还有瓶装果汁、鸡肉以及加入了乳蛋饼的套餐。初美毫不犹豫地摘下了最前端发亮的大粒葡萄。广告语中说可以连皮一起吃，于是初美就直接将葡萄放进了嘴里。咬破葡萄皮后，甜得掉牙的果汁在口中四散开来。空荡荡的胃被滋润的果肉浸染，开始酥麻起来。阳光仿佛遍布她全身一般，就连视野都变得明亮起来。初美终于发现，从车窗射入的朝阳十分炫目。这应该就是等待了一晚的价值。初美拼命地吃着乳蛋饼、炖菜和干酪，喝下果汁后，心里终于感觉舒服了。睡魔不期而至，初美倒在床上熟睡起来。

敲门声唤醒了初美。"客人，已经到终点了！"——乘务员的声音让初美跳了起来。她慌忙整理行李，然后整理装束飞奔下车。车门急不可耐地关上了，"日出出云号"头也不回地开走了。初美甚至都没能和它好好道别……她呆愣地看着列车远去。从车窗应该能够欣赏到很多风景，但初美却错过了宍道湖以及新绿萌发的田园风景。下了月台，初美在检票口出示了车票。以太阳武神为原型的油画近在眼前。

初美一边揉着惺忪的睡眼，一边向站务员询问去出云大社的交通方式。对方回答说可以乘坐邻近的一辆电车。初美在摆放着长椅的小型候车室中买了票，白头发的站员告诉初美，每小时不定时发车的电车正好要出发。初美跑上2楼的月台，黄色与深蓝色的配色十分可爱，只有两节车厢的老电车让人联想到蛋糕，它悠闲地停在那里还没有发车。初美听着车厢广播，和大半乘客一起在川迹站下了车，在反方向的月台上换乘了相同的电车。田园风景在缓缓移动，初美鼓起勇气拿出了手机。

"小初，你在哪儿？"

初美久久地凝视着丈夫的头像。她没有力气说话，但她觉得在平稳晃动的电车中还可以打字。

"远方。"

"你已经和别人……？"

"你还真相信了啊，那怎么可能。"

"但是，只要小初你愿意，男人都会想和你在一起。"

尽管知道这是谎言，但这话还是渐渐渗入初美那干涸的内心。只要自己愿意，任何男人都会和自己在一起。但是，现在的自己却只想和他在一起。并不是因为自己只有他一人，也不是因为妥协，是初美凭借自己的意志选择了启介。

"我不过是乘坐'日出出云号'到了出云大社。我睡过头了，还被便当店的女店员骂了一顿。"

"你在出云，我放心了。"

一只表情兴奋的兔子形象突然出现在了画面上，初美苦笑起来。启介就像是女高中生一样，总是不能抗拒那些流行事物。但这也算是他的才能之一。

"启介，你的杂志很棒的。我只读过一次，但是它却烙印在了我心里。虽然现在出版社十分艰难，但是你一定没问题的。你一定能够克服困难的。"

"唯独不想任何人触碰你。一想到这件事，我就会变得奇怪。昨晚我失眠了。你可能会觉得我自私，但是……"

线上果然不适合聊天。他们两个人都在按照自己的步调宣泄着感情，他们始终在继续着不温不火的对话。初美微微一笑。尽管如此，初美还是觉得这件样子不美、凹凸不平的首饰十分适合现在的自己。迈出一步的步伐太小了，那根本无济于事。如果初美现在退缩，她就会回到令她联想到沙漠的枯燥日常生活之中。但是，现在的她却由衷地期望那样的生活。她希望能在启介身边，安心地展开身体沉眠，其余的一切她想稍后再思考。

"等我定好了回去的交通方式和时间再联系你，我今天之内就会回去。"

初美关掉电话，身体上下晃动起来。电车终于到达了终点。收好手机，初美从座位上起身。空气澄澈，她不由得深吸了一口气。穿过精巧的地上车站，初美走出候车室。这里候车室的高窗上镶嵌着鲜艳的彩色玻璃，让人联想到欧洲田园的教堂。从车站到出云大社的宽阔通道让人心情舒畅。晴空万里，茂密的浓绿、环抱的山脉令人心旷神怡。

为了缩短回去的时间，初美打算坐飞机，但她觉得坐火车也不错。一站又一站，就像是在回溯过去。一站又一站，那也是在去往未来。出云大社的牌坊逐渐逼近，不知为何，初美仿佛看到了隧道的出口。

只能含着的桃核

| 桃の種はしゃぶるしかない |

　　在超市里放入购物车时手摸过的地方，只过了十几个小时就已经变色凹陷了。

　　有些熟透了的带伤的桃子只用手指就能将桃皮剥下来。初美觉得夏末时上市的快要坏掉的便宜桃子最好吃。淡黄色的湿润果肉承受着令人意想不到的上午的强烈阳光，散发出湿润的光泽。不可抑制的甜香越过敞开式厨房，直接飘到了丈夫所在的起居室里。初美拿着经常使用的水果刀，小心地对着玻璃容器，将果肉削成薄薄的花瓣形状。桃子的柔软果肉上出现了如同毛细血管般颜色鲜艳的红色纤维。这感觉就像是切开了人肉，它让初美想起了孩童时在理科教室里看到的人体模型。

　　初美把丈夫吃的桃子盛在容器里端上餐桌，又马上回到了厨房。她在水池边低下头，像平时一样含住了桃核。桃核周围的

果肉略带酸味，却能品尝到强而有力的野生味道。初美的下巴
上沾满了黏糊糊的桃汁，甚至流到了脖子上。初美打算送走丈
夫后，自己再洗个冷水澡睡上一觉，所以她并不在意桃汁弄脏了
身体。

"之前我就想让你注意了，你这样的行为不好吧？"丈夫突然
抬起头，一边用银色叉子叉着桃子，一边说道。"啊？"初美含
着桃核，瞬间有些迷惑地发声反问。因为周日要上班，所以丈夫
穿着熨烫过的衬衫。他是一副要出门的样子。他像是与换下睡衣、
穿着松垮的衬衫，头发蓬乱的初美住在完全不同的次元一样，初
美觉得他正从高处俯视着自己。

"初美，你一吃杧果或者桃子就会含着果核舔上一遍。就像是
上小学的男孩子一样。"

丈夫平时都叫她"小初"，但是现在却变成了"初美"，这是
他心情不好的表现。在他身后窗外的林荫路上，树上的蝉如同在
收罗夏天的片段般疯狂地叫着。

"但是果核四周的果肉削不到，所以就只能含着吃了。小时
候，我妈妈就是这样做的。"

"不是说这样好不好，是感觉你这样很散漫。"

"可是，不吃太浪费了啊。"

刚一说完，初美就厌恶地觉得自己又掉入了以往争吵时的陷
阱中。丈夫是在委婉地谴责她被生活吞噬，失去了女人味。所
以，他要说的是，他不抱她不是他的错，作为男人这是非常正
常的。

垂挂在脖子上的桃汁沿着 T 恤衫的领口缓缓滑入，果汁的重量带给皮肤难以忍受的瘙痒，果汁沿着腹部滑入肚脐。如今，初美的肌肤已经渐渐失去了活力。

"就是说，都是我不好了？"

自己的颤抖声音让初美醒悟，像此前一样平静的清晨时光再也回不来了。

他们两个人谁都不可能将此前的对话当作没发生过。

"你是想说，昨晚的事责任也全在我是吧？"

丈夫垂眸，咖啡杯掩去了他的表情。啊，他逃避了——初美讽刺地咂嘴。

夏初，初美打破了夫妻之间的禁忌，她向丈夫挑明了对于两年多无性的现状的不满与愤怒，以至于离家出走以期改善的无奈。之后的三个月里，两人的身体方面有了进展。自那之后，丈夫战战兢兢地触碰了初美两次，但两个人却怎么也不能融为一体。尽管如此，这和以前相比也有了很大的进步，初美已经可以断定自己就要终结那种生活了。只要像这样一点点接近自己的目标就好了。充分的身体满足以及怀孕的目标当前还很遥远，但这一点点的进步就已经令初美感到满足了。

"对不起，我始终是把你看作家人的。"

昨晚，丈夫极为平稳的声音突兀地响起，他随之离开了初美的身体。此时的初美时隔两周再次感受到丈夫的重量，丈夫的手正要探向她的腿间。黑暗中的丈夫完全没有热情，如同日常驾驶一般平静。

"你这是害羞吧。"

"不是。就是我觉得咱们就像是兄妹一样，做这种事让我很抗拒。对我来说，你的身体就是日常生活的一部分。"

丈夫故作撒娇般地说完，一骨碌躺在了初美旁边。他将手枕在脑后，仰头望着天花板的样子就像是个闹别扭的孩子。无论怎么看，这都不像是平时可谓老成持重的他。

说实话，初美也对早已司空见惯的丈夫的身体没了兴趣。刚才的她也始终在做着接受丈夫的准备。她不断幻想着各种画面——网上找到的职业摔跤选手的健壮上半身图片，希望能把自己的情绪调动起来。但初美认为，出于礼貌，她不能把这些事告诉丈夫。因此，与其说丈夫的话让她感到愤怒，倒不如说是让她感到吃惊。他就这么简单地说出重点了？这是那种简单就能说出口的事情吗？

实际上，丈夫的话刺入了初美内心最柔软的部分，而且正在剜着她的肉。初美不想承认自己明显受伤了，于是故意满不在乎地说：

"那么，我们现在该怎么办？"

"下次我送你一件性感的内衣吧？网上找找各种装扮或者玩具吧。我也会努力的。对了，下次连休时咱们去哪里住几天吧？换个环境可能就会有心情了。初美你说是吧？"

丈夫像是在制订一个巨大的计划，他语调愉快地说着种种方案。就在初美要闭上眼睛时，他充满爱意并温柔地握住了她的手，可初美却睡不着了。今天早上突然出现的紧张气氛果然是丈夫故意造成的。

"我可没说过，你别总说那种丧气话。这是交换意见的好机会，不是吗？"

那种可怕的目光和引导她进入陷阱的对话是好机会？这有什么好的。初美在水槽中用力冲洗着抹布，她的眼里突然涌出了热感。

"我把桃子最好吃的部分先给了你，自己就只吃果核，无论做什么都是以你为优先。为了让你能够舒心，我的心都要操碎了，可你却责怪我是个邋遢的老婆吗？！你会说，因为已经是家人了，所以你都感觉不出我是女人了吧。过分！你太过分了！"

初美高声喊叫着，她知道自己会夸大其词，有些无理取闹，但是她绝不邋遢。她并不总是以丈夫为第一，切掉桃子最甜的部分后含食果核是她儿时唯一的一个嗜好。

"小初，我不是说这个……"

"所以你也不想要孩子。算了，够了。启介，你很敏感。要是看到了肚子日渐变大的我，你根本就不能再不当我是女人了。你会害怕到不敢靠近我吧。你只会把我看作是怪物。哈哈，怪物老婆。男人真是好啊。你们没有任何限制，你们可以大肆利用你们的性感活下去。啊，王子殿下，请您恕罪……"

丈夫"咚"的一声将咖啡杯撞在桌上，初美的话被打断了。

"吵死了！"

丈夫发怒了——总是十分沉稳的丈夫瞪着眼睛低声呻吟着，狭窄的额头上挤出如同象形文字一般的复杂图形。他带着震慑与恐怖的眼神盯着初美。不一会儿，感觉自己有些过分的丈夫躬身嘀咕了起来。

"不要早上起来就吵架了。一天都浪费了。"

这句话注定要让八月最后的星期日浪费了。初美全身的血液正在向头部汇集。

我根本没错，绝不道歉——初美一边这样想，一边又觉得莫非真是自己的错吗？很抵触却努力想要满足自己的丈夫——只是因为主编的杂志销售量锐减而疲惫的他身心都在受到煎熬。这种想法在不断扩大。这个家里只有夫妻两人，并没有法官。因此，也没有人会帮两人评理。心情不好的初美和丈夫都陷入了沉默。初美在试图打消的是自己不对的念头。虽然她知道自己有错，但是屈辱感还是让她窒息，她的感情无处发泄。像电视上那些年轻太太那样讲个笑话，然后用完美的自然妆和清丽的连衣裙让丈夫转换下心情？虽然初美对此并不相信，也有些嗤之以鼻，但她并不是不能那样做。真正的初美其实很善于转换感情，也并不是钻牛角尖的性格。现在，她的首饰工作并没那么忙，之所以会这样不温柔是因为自己饿了吧。

"你别那么生气……"

初美带着哭腔勉强地说道。即使如此，丈夫还是板着脸戳着桃子。啊，这个神经质的男人到底是谁啊？为什么我非得看他的脸色行事啊！

初美慌忙将手拢成三角形，把粘在水槽上的桃子皮收于掌中。

当初美感觉有人而抬起头时，站在她面前的是住在对面楼里的老两口的孙子。

初美呆呆地看着他的大嘴上下开合，她摘掉了耳机。

"还以为你在看什么，原来是最近的 MTV 啊，这不是玛丽·塞拉斯的拙劣舞蹈吗？"

淳平边笑边说道。他俯视着长椅上的初美，偷窥着她手机上放映的 YouTube 画面。最近，网上充斥的都是受到好评的美国偶像的表演。淳平和蔼可亲地坐在了初美旁边。虽然他们算是点头之交，但像这样的突然靠近也会让初美感觉困扰。

"感觉有点变了呢。玛丽过去是很清纯的。"

"但是，我好像能明白她……因为一直都是乖乖女的形象，所以压抑得很是叛逆吧？"

初美一边表示理解，一边看向被全世界的冷漠眼光注视、半裸着身体扭动腰身的年轻女孩。每次看到专栏中用各种语言进行的谩骂，初美的心就会变得开阔。最近她看的全都是名人的闲话，尤其是奔放的异性关系、因为过激言论而出现纠纷的同性艺人等。初美不知为何都会感觉松了口气，初美自信自己虽然得不到满足，但是还处于安全地带之中。

丈夫出门后，初美在沙发上睡了一觉，但她的心情并没有变好。虽然她照常打扫房间、制作首饰，但是家里那种郁结之气让她不能集中精力。为了转换心情，初美拿好手机与钱包，将它们与用保鲜膜包好的饭团、矿泉水等放进了买杂志附赠的手包后，来到了公寓的中庭。夏天即将结束，可是哪怕一动不动却还是会大汗淋漓。尽管如此，蔚蓝色的天空和树荫中洒落的阳光让初美的情绪多少高昂了一些。

不知何时，淳平的视线已经从视频转到了初美身上。初美感受到了他看向自己的强烈视线，她干巴巴地说道：

"今天也去预备学校了吧？真辛苦啊。"

"是啊。明年再也不能考不上了，所以我得拼命了。都是因为你，我才又落榜的。"

淳平哈哈哈地笑着说。当他与初美眼神相遇时，他抿紧了嘴。初美并不希望他说笑。去年夏天，当初美在阴差阳错下得知淳平窥视到了自己隐私的一面时，与其说那时是生气，不如说是自豪。初美满含谢意，生硬地将自己带的饭团拿了出来。

"我做的饭团。你要吃吗？"

淳平毫不迟疑地打开保鲜膜大口咬了下去。他眼睛放光地说着："真好吃！这是用什么做的？"

"梅干、芝士和干木鱼做的。放了梅子的话，夏天的米饭就不会变硬了。"

"感觉在外面吃的饭团有种海的味道。"

说着，淳平像是在嗅闻着风的味道般眯起了眼。初美看着他挺直的鼻梁和形状好看的后脑勺，然后又瞟了一眼他毫无赘肉的下巴以及脖颈的曲线。他没有一点儿凸起的小腹，不知道他的肌肤有多平滑。

"我知道了，是因为我今年没去海边，去年也没去。"

"真想去海边啊！"

"真想就这样去远方啊。"

这种随处可用的老旧台词让初美觉得很惭愧。她的目光落在短裤下自己的脚上。她的大腿有些虚胖，膝盖有些发黑，小腿肚上的肉块怎么也消不去。

"远处倒是去不了。但是，今天的多摩川有烟火大会哦。一起去，怎么样？"

从他嘴里突然说出的话让初美的心情瞬间上扬。就是它，一直被她所遗忘的夏天傍晚的魔法。如果来一次心血来潮般的大冒险，那么某个意想不到的人就会变成自己的王子。那会带来一种酸酸甜甜的兴奋。是的，自己已经完全忘记了，今天的多摩川有烟火大会。从这里的三轩茶屋到田园都市线只有几站，初美想去看看。始终原地踌躇不会有什么改变，况且自己也没什么对不起丈夫的。初美高兴起来，刚才的阴郁就如假象般烟消云散了。

两人进了地铁后发现，车内都是要去看烟火的乘客。车上乘客太多，初美被挤得靠在了淳平坚实而平坦的胸口。初美的胸部被挤得横向摊开，斜上方传来的炙热气息吹得初美的短发微微颤动。淳平的心跳声渐渐也感染了初美，久未感受到的异性的热度让她有些微醉。当穿过黑暗隧道的电车出现在地面上，看得到窗外的天空时，初美总算松了口气。二子玉川的月台上到处都是来参加烟火大会的游客。

"大家都神采奕奕啊。穿浴衣和宽松连衣裙的女孩子好多啊！

大家都是在拼命让自己备受瞩目。这还真不适合已经成了阿姨的人。快看那衣服穿成什么样子了！"

为了掩饰害羞，初美故意轻浮地说道。她瞥向与他们擦肩而过的一对情侣。女孩子穿着棉花糖色的浴衣，茶色的头发精心打造出了蓬松感。老实说，初美很难说她有多性感。而且，她的穿着也很快走了样，衣料因为汗水而贴在了身上，她的头发也变成了鸡窝。尽管这样，她旁边的男人还是一脸保护者的样子，强而有力地牵着颤巍巍走路的女孩子的手。过去的自己也在这样的酷暑中穿着浴衣、化着妆、盘着头发在满员电车中摇晃，然后紧紧抓住恋人的手，只管在拥挤的堤坝上穿着木屐走路。这对过去的自己来说也极为平常，但是现在的自己却不会这样打扮了。

"哎，穿浴衣的女孩不可爱吗？只要努力打扮了就很好啊。"

淳平惊讶地说着，还有些嫌弃地瞥了一眼穿着短裤与宽大的T恤的初美。

可以称得上是二子玉川名产的某妈妈杂志的广告牌超然地俯视着初美。"妻子、母亲都是女人。我想要激情一生！愿这任性的愿望能够实现！"原来女人就是什么都想要的——初美有些孤寂地想。走出检票口，手拿扬声器的警务人员表情严肃地提醒大家注意。虽然还不到四点，但这里却拥挤到完全看不到前方。人群朝着二子玉川的方向缓缓前行，初美和淳平也加入了如同龟爬般的队伍中。初美想起了曾经的隅田川烟火大会。

"我感觉有点儿累了。走不动了。"

终于过了信号灯，爬上了堤坝的楼梯时，初美不由自主地说道。这里距离车站不过 100 米，但是初美却已经浑身湿透，气喘吁吁。尽管如此，慢吞吞的队伍还是一成不变地以密集的队列缓慢前进，甚至让人搞不清楚要去哪里。时间明明还很早，但对面的堤坝上已经布满了密密麻麻的人影，这光景更是让初美感觉到疲惫。

"要不我们在这里看吧，这样不好吗？"

"就算你站在这里也看不见什么啊。你这说话语气怎么像个大姊啊。"

初美没想到淳平会出声苛责，于是，大吃一惊。

"因为，我没想到会这么拥挤啊。"

"什么啊……"

淳平皱眉噘嘴道。那是和昨晚的丈夫极为相似的，如同任性的小孩一样的表情。初美似乎听城山太太说过，淳平是个被宠坏的妈宝。队伍中的人，像要给停下来吵架的两个人制造麻烦般涌了上来。原来也有这样的情侣啊——初美像是置身事外般地想象着他们是完全不顾忌场合争吵不休的男女。不对，32 岁和 20 岁的男女在一起怎么会像情侣呢！

"刚开始你就一直不停抱怨。这是干什么啊，出来不好玩吗？"

"啊——对不起。你别生气。因为太热了，我很累。"

"我不过是想制造些快乐的回忆啊！去年和今年我哪儿都没去成啊。因为各种原因……"

夏天的魔法悄无声息地消失了，本来就没有什么开始。初美只是和同住在一个公寓里的孩子一起趁着空闲来到了堤坝，仅此而已。

"我觉得，初美你只是喜欢逗弄年轻男人一次作为消遣吧？就算是像那样把身体一下子挤到了我身上，你也不会让我做什么吧？"

淳平的口气像是在开玩笑，但是眼睛却没有笑意。他的脖颈上浮出一层汗珠。对，就是这样的不淡定才是年轻。

"我没打算逗弄你。不过很抱歉让你感到不舒服。"

初美一边说，一边又一次对现状充满了失望。她竟然一天里被两个男人斥责，而且还都做出一副是初美不好的样子。冷静地想一想，初美并没有说过那么过分的话。既然已经有了这么凄惨的回忆，自己还需要异性吗？

"对不起，我要回去了。你一定会在成为大学生后，和你的女朋友再来这里的。"初美离开正在怄气的淳平，逆流而上般向着车站走去。

原本是想乘坐田园都市线直接回家的，但不知为什么，初美乘上了大井町线。

自己有多少年没有一个人走下自由之丘了？过去单身时，初美经常会到这里闲逛。她会任意地驻足在一间间杂货店前。她不会买什么，只是拿着杂货或者香草茶随意地翻看下喜欢的影集。仔细想想，现在的初美仍然还是"一个人"。她没有工作单位，没有夫妻生活，而且也没有孩子。微微的不安与近乎轻松的自由时间都与那时极为相似。从傍晚到入夜的这段活动时间最是苦闷。从穿过自由之丘百货商店的高架桥下出来后，一个招牌突然吸引了初美。那是一个位于狭窄到连楼梯都层叠在一起的筒子楼四层的泰国料理店。她单身时经常去那里解决晚饭。初美突然发现自己饿了，而且也走累了。

走上狭窄的陡梯，初美闻到了那令她怀念的浓重的甜辣味。"欢迎光临！"一个看似学生模样的服务生从柜台后面探出头道。

"现在屋顶上的凉台空着，您请。"

初美从不知道这里还可以上去。她再次上了楼梯，然后看到了日光房一般的开阔空间，玻璃窗对面是一张带着遮阳伞的餐桌。看来，初美能够独占这里了。初美来到凉台，坐在餐桌边。温柔的风轻抚着她的脸颊，让她几乎忘了这里与先前炙热的堤坝同属于一个国家。初美打开塑封菜单，立刻想起了那时用快照相机照出的说不上好看的美食照片和手写的菜单说明。

"过去我经常来这儿。鲜春卷很好吃。"

"啊……我最近刚来这里打工……店长在里面，我去叫他吧？"

"不用，不用。对了，因为我老公不吃辣，所以我也渐渐不吃了。"

初美对着打工者自言自语道。她觉得自己就像个大婶，就如淳平说她的那样。

甜、辣、酸是泰国料理独特的口味。初美点了无汁白泰酱、泰式煮虾、鲜春卷和一瓶啤酒，然后她俯视着覆盖了自由之丘这座城市的低矮建筑。她看到了不远处建筑物顶上放置着的空调外机和热水器储水罐，以及在紧急出口吸烟的员工。就在这时，她看到了远处天空中如同胸针般红绿交织的光，随即又消失了。初美有些怀疑自己看错了。那好像是世田谷和川崎两处的烟火在天空中交替绽放。

"哇！这里看烟火竟然看得这么清楚！"

初美不由自主地说完，正送来啤酒和鲜春卷的服务生在微暗中露出了得意的笑。

"是的，这里看得很清楚。这是特等席。"

"要是知道从自由之丘就能看得这么清楚，那特意去二子玉川的不就成了傻瓜吗……"

初美想起了忍着拥挤、眩晕的闷热目不转睛地仰头看烟火的男女们。原来不用坐在地面，也不用在意洗手间在哪儿，坐在凉爽的凉台上就能享受到看烟火的乐趣。初美有些羡慕他们。初美自斟自饮喝干了泰式啤酒，感觉身体凉快了下来。她拿起鲜春卷蘸了智利辣酱油。

看烟火的时候，初美最先想到的是丈夫的脸。她明明对今早的对话难以释怀，却还是想让他看到这一景象。这已经不再是因为喜欢或厌恶，而是条件反射。这就像是剥桃子时，她会自然地将水润的果实拿给丈夫，而自己含食桃核一样。它就像呼吸一样自然。初美想要和他分享所有的美好事物。而她如今这样萎靡，真不知道今后他们要怎样一起生活下去。她清楚地知道，她不可能得到她想要的一切。那么，她该放弃满足自己的身心吗？如果不去追求真正的爱抚，如果自己能够忍受中学生般打打闹闹程度的相互触碰，如果自己只去注视快乐的事情，那么就能自欺欺人地平稳生活下去了吧。

自己那么贪婪吗？是淳平所说的"贪婪的身体"吗？啊，不，他说的是"任性的身体"吧？

今晚就和丈夫和好吧。或许，他为了讨好自己而买了奶油点心和饭后看的爱情电影，以此敷衍了事。也就是说，她的饥渴与寂寞也会就此遗留到秋天了。想到这些，初美似乎闻到了夜风中的枯草味。啊，今年的夏天也是一无所获，以后也会多次重复这样的夏天吧。

"客人，您怎么了？"

要是初美风情万种地说是因为烟火漂亮得让自己落泪了，那该有多好啊。虽然自己不年轻也不漂亮，但还是有可能和这个服务生谈恋爱的，过去的自己会带着这种期待看着对方说的。

初美咬着唐辛子。她一边咀嚼，一边像是低喃般露出了笑容。那一晚最大的烟花在初美的泪水中模糊成了夜空中的香椿树。

柿子上的齿痕

| 柿に歯のあと |

万万没想到十月的夜晚会冷得刺骨，初美却并没有像去年那样添衣。如果是之前的初美，现在一定少不了要套上鸭绒马甲当内衣来保暖了。现在的初美却穿一件呢子大衣就足够了。或许就像她的教练志摩说的那样，这都要归功于她的基础代谢功能提高了。为了看御木本的圣诞树，初美从银座走到了日本桥。全身的血液循环让她的脚尖儿都是温暖的。最近，为了让自己的体形看上去更加苗条，初美一直穿着黑衣。她所佩戴的自制首饰也从大而花哨的流行款变为了以金色、银色为基调的简单式样。"感觉你一下子变得雅致了，都不像是你了。"——初美觉得，展会上的同行们说的话是对她的一种赞美。

"哇！你瘦了好多啊。一下子都没认出你是谁。"

初美刚一踏入地下酒吧，她的大学同学羽生就吃惊地大叫了起来。果然,哪怕只是普通酒友——不,尽管他们是与自己境遇相同的难兄难弟,身为男人的他也会因为与自己有关的女人变漂亮而感到高兴。她那如刀削般凹凸有致的腰线、紧致的手臂以及骨感的锁骨和平坦的小腹都是在这一个月中坚持锻炼换来的。羽生向这些部位投来了赞赏的目光。他的目光并没有不怀好意,不过初美已经习惯了这样的评价,因此并没有感到多么扬扬得意。她慢条斯理地走向吧台,坐在羽生旁边。她苗条的背部一下子佝偻了起来。

"我一个半月瘦了 8 千克呢。我想在圣诞节前再瘦两千克。"

"8 千克?你瘦了那么多啊!你身体受得了吗?"

"我雇了有营养师资格证的教练,从饮食管理到辅导都很到位。医学上也认为注重蛋白质的摄取与肌肉锻炼是正确的减肥方法。"

初美没有选用年轻女性热衷的快速瘦身法,那是不健康的减肥方式。她的瘦身方法则让她清楚地了解到自己迄今为止的饮食生活有多么不规律,单靠调整饮食就让身体瘦了下来。

"你这做法可真像是艺人啊。这种健身房很贵吧?"

初美装作专心看酒水单的样子,含糊地应了一声。其实,她去的这家位于代代木上原的高级健身会馆是她在丈夫担任总编的杂志上看到的。那里号称"两个月瘦 10 千克"。那时的初美不惜一切都想瘦下来,于是毫不犹豫地提前支取了家里的定期存款。如果初美说出她花了多少钱,即便是像羽生这种拥有高收入的注册会计师也会目瞪口呆的。如果暴露出自己多么迫切地想要减肥会让初美感觉很难为情。

"来杯柿子杏仁味鸡尾酒怎么样？"

白头发的酒保平静地问道。他们两个人和他的接触断断续续也有两年多了，他已经掌握了初美非常喜欢应季水果的这一嗜好。

"嗯，好像很好喝啊。不过我今晚想喝一杯威士忌加水。"

初美带着抱歉的浅笑说。然后她拉着羽生的胳膊让他凑近，用身后柜台处的酒保听不到的声音说：

"蒸馏酒里没有糖分，所以我能喝。但是柿子可不行啊。水果本来就糖分高，柿子可是里面糖分最高的。喝这个要被教练骂的。"

"真的？我一直以为水果很健康，无论吃多少都不会胖呢！不是都说早上的水果赛黄金吗？还真不知道是这样的。"

羽生就像是一个半月前的自己。初美一直认为水果的甜是自然形成的，而且维生素丰富，所以可以放心食用。因此，那时候的自己早晚都要吃很多应季水果。她惋惜地盯着羽生开始变得粗壮的脖子看了起来。以前的羽生看起来不胖不瘦，但一段时间不见的他现在已经发福了，这样就更加突出了他的娃娃脸。初美很难相信这样一个男人曾经沉迷于肉欲。

收款台上方的玻璃果盆中放着柿子、苹果和巨峰葡萄，它们在昏暗的室内透着光，散发出香甜的味道。柿子的确是具备其他水果所没有的某些东西。只要你闭上眼睛细细品味就能感觉到柿子的那种如同烧焦的牛奶糖一般的苦味，只是想想就让人觉得口中生津。初美很快移开了投向玻璃果盆的视线。

　　水果中的糖分应该就是神所隐藏的让夏娃堕落的毒药。夏娃被毒蛇欺骗后吃掉的并不是知识而是糖分。知道了糖的味道的夏娃再也不需要苗条的身材，她开始想要获得更多美味。因为贪欲，夏娃长出了令人愉快却难看的赘肉。亚当是用怎样的目光来审视夏娃的呢？

　　"不仅是水果，面食和米饭里也有糖吧？那该吃什么好啊？"

　　"糖分之外的食物要多少有多少啊。糖分其实就是毒药。如果到了不吃就活不下去的地步，那么人就是中毒了。"

　　"真是极端的说法啊。话说，你要在圣诞节到来前瘦下来，这是小姑娘的想法吧。难不成你想把变漂亮的自己当作礼物送给丈夫？嗯，你这样的身材绝对没问题。看来你的无性生活终于要结束了啊。"

　　虽然羽生的语调轻柔，但是上半身靠向初美的他，视线却投向了她身上重量集中而又柔软的部位。初美已经想到他要说什么了。

　　"把你的巨乳都减没了，真是可惜啊！"

　　"我已经很清楚它是完全没有意义的了。我这样生活已经快3年了。大小不是重点，形状才更重要。据说C罩杯对于日本男人来说已经足够了。尤其是我老公似乎更加喜欢纤巧型的。"

　　初美淡淡说道，如同在做商品说明。她的胸部尺寸的确减小了，但是因为做了胸肌锻炼，所以她做拉伸运动时，她的胸部也同样向前集中，而且也看不见小肚腩了。如果说以前她的胸部是走形了的杏仁豆腐，那么现在的就是形状优美的布丁。

"之前那个南瓜形的初美也不错，但是这种诱人的身体可是相当……"

对于自己身上恰到好处的肌肉带来的弹性触感，初美暗自得意。这一次她竟然没有产生罪恶感。之所以没有感觉到对不起丈夫，是因为她至今还不觉得这柔软的身体是自己的。最近的初美几乎没有动摇过，也没有觉得难过。她满脑子都在想见缝插针地活动身体、避免食用糖分。

"你喝醉啦？要是做了这种事，你老婆可就又要离家出走了哦。"

初美第一次婉拒了羽生，这让她自己都感到有些吃惊。她的身心都很平静，以前那个无论自己是否喜欢，只要被男人盯上一会儿就会躁动的柔软身体消失了。

"但是，那家伙对我毫无兴趣啊！看来她是无论如何都不会原谅我了。今年我们还一次都没有过。"

羽生的夫妻关系毫无进展，初美对他很是同情。

"今年还有一个多月呢。别灰心，再试试吧？"

"……咱们试一次好不好？今天晚上她是夜班呢。"

羽生任性地盯着初美，滚烫的手指执拗地要伸向她。羽生唇边带着柿子的香气，光是这香气就让初美感到眩晕了。她狠狠转开头，粗暴地甩开了羽生的手。

"当然不行。我说，你也锻炼身体吧？虽然你不胖，但如果你这里有了肌肉，穿上西服看上去就会更加挺拔，至少年轻 5 岁。"

羽生一脸受伤的样子，那是在男人被当头棒喝时才有的独特表情。

"只要努力，谁都能瘦的。做夫妻时间久了，对彼此的身体也都没了兴趣。有时间闷闷不乐或者到处劈腿，还不如两人一起健身呢。"

加水的威士忌递到了眼前，初美挺胸坐正，轻轻拿起酒杯送到嘴边。心灵相通的夫妻之间没有肌肤之亲，其不幸就在于他们什么都做不了。偷欢会让初美产生罪恶感，她觉得现在已经很幸福了，身体上的问题慢慢交给时间去解决。但那些带着希望的观察会在不知不觉间变为牢笼，在维持现状过上很多年后，静静地发展到无法挽回的地步。就连初美都觉得在事情发展到那一步之前承认自己的缺点，迈出下一步的自己真的很勇敢。她发现了减重这一突破口，并且正在走向成功。

但是，通常情况下都说运动会增强欲望，看来这一说法对自己完全不适用。初美的关心点已经不再是丈夫的身体，而是转向了同性。她对自己的教练志摩亚佐美那毫无赘肉、周身紧致的身体非常崇拜。她的肌肉如同柿子一般坚实内敛。初美并非渴望变成她那样，只不过在身体塑形的过程中，她再度发现了女性的身体所具有的复杂之美，并且深深为此着迷。

在日本桥车站与羽生道别后，初美决定再徒步走上一站。中途有个上班族模样的男人过来纠缠她，初美一边笑着，一边逃命似的跑进了地铁站。

　　仰躺在练功椅上，初美感觉天花板离自己是那么遥远。其上裸露的管子蜿蜒曲折，令人感到紧张。初美感觉自己是正在为越狱而锻炼身体的犯人。有时，她会用眼角的余光看到自己的两条腿正在做着姿势难看的空中蹬车动作。刚刚上岸的人鱼公主大概就是这种感觉吧。初美平时并没有意识到这种重量，但只要这样一联想，她的腿就会立刻变为她锻炼腹肌的负重，让她痛苦不已。如果不是在专属的个人训练室里，初美是不会让人看到她这样难堪地挥动手脚的样子的。

　　"好，你的力量要放在下腹部。这证明你的身体躯干是挺直的。在家里也要对小腿肌肉多加练习。"

　　教练志摩话音刚落，初美就马上放平双腿，用铁管上搭的毛巾擦起了汗。

　　体育大学刚刚毕业的志摩教练身高刚刚 150cm，却有着充满弹性而又匀称的身体。她有着光滑的方额头，宽挺的眉和紧实的下巴，梳着马尾辫。半袖的教练制服衬衫下的手臂强而有力。她也许并不能称为是可爱的女孩子，但是初美却对她那没有赘肉的健康身体曲线而着迷。那是不需要任何饰品装饰的完美肉体。是像雕刻一般，每寸骨骼上都承载着最小限度脂肪的美妙生命体。

　　"最近大家都说我瘦了。这都多亏了志摩你哪！"

　　初美一边擦拭着脖子上的汗水，一边坐起身道。镶满整面墙的舞蹈镜中映出的是初美十分希望得到褒奖的充满物欲的脸。

时至今日，初美还清晰地记得最初刚来这间私人训练室时的恐惧感。房间里满是如同拷问刑具一般的训练器械，顿时让她想要立刻逃回家去。

自己浑身是汗地趴在地上，而一个年轻女人却用轻蔑的眼神俯视着自己。初美从来没有经历过这样的屈辱。课程结束回家时，初美慢吞吞地爬上地铁的楼梯，尽管如此，她的肌肉还是痛到几乎让她痛哭流涕。没有人情味的志摩终于在初美成功减重3千克后开始手下留情。当初美的体脂降低了20%后，她的薄唇终于露出了轻笑。虽然她没有出声夸赞初美，但却用手比画了一个鼓掌的动作。初美则像是找到了知音一样，每到训练休息时就会和志摩聊自己的丈夫和朋友，甚至还兴致勃勃地聊自己的工作和爱好，但志摩却始终没有说起过自己的私生活。初美原以为她是在贯彻教练守则，却在更衣室里听说其他教练和学员的关系都很亲密。初美觉得志摩大概就是那种不苟言笑的类型，反而对她越发尊敬起来。

"现在站起来，双手交叉放在脑后。看着镜子做蹲起10次。"

镜子里自己那像青蛙一样叉腿蹲着的不雅姿势带给初美一种扭曲的快感。除了在这里，她从没有这样叉开腿过。始终关着的房间里的老旧护窗板开始发出吱吱嘎嘎的声音，房间里原本憋闷的空气似乎变得清凉起来。也许是姿势正确的关系，初美刚刚做了5个蹲起，大腿根部就已经开始颤抖，全身发热了。她的后背上也冒出了豆大的汗珠。她终于做完了10个蹲起。虽然非常辛苦，初美却强烈地感受到了身心的统一，她十分珍惜这一瞬间。

"你要注意保持躯干挺直。上半身不能弯曲，大腿要和地面保持平行。来，再来 5 次。"

练习次数不知不觉间增加了。初美并不讨厌志摩既欺负人又不疏忽工作这一点。训练的最后是进行生活指导。平时初美都会以邮件形式详细汇报自己的饮食，哪怕出现一点儿偏差都不行。

"昨天你摄入碳水化合物了吧，而且还是在晚上 8 点之后。怎么回事？"

"对不起，是提前庆祝了新年……吃的是火锅，我没能拒绝掉杂烩粥。但我只吃了一小碗！"

初美胆战心惊地窥视着志摩那小得像床单裂缝似的眼睛辩解道。

"以后要注意。特别是要注意蛋白质的摄取。即便身体没有消耗，糖分也能自己消化掉，但是肉、鱼等却需要调动身体的所有机能才能消耗掉。也就是说，只要吃了就要运动。对了，还有两次你的课程就要结束了。为了能够更好地燃脂，在家里也要好好地做练习，跳舞是个不错的选择。"

"跳舞？"

"你知道 VIPS 的新曲《白雪与乳白色的爱》吗？"

志摩用她低沉的声音说出了与她极不相称的人气偶像团体的名字，还有仿佛带着香草气息的歌名。初美吃惊地眨了眨眼。志摩继续不苟言笑地说道：

"你可以在 YouTube 上看看 PV，里面有领舞。舞蹈的动作很容易模仿，而且那些舞蹈动作对锻炼腹肌和胸肌都很有效。稍后我用邮件发给你链接，下次上课前你一定要减掉 500 克！"

对于现在的初美来说，志摩的指示她会绝对服从。即便那是个愚蠢至极的舞蹈，初美也会好好地跳完。在预约了下次上课时间后，初美走出了健身房。从代代木上原坐地铁很快就能到离家最近的三轩茶屋站，但是为了回家，初美却花了很长时间。今天的练习都是以下半身为主的训练，因此光是在楼梯上爬上爬下就让初美酸痛的大腿痛得受不了，只能走走停停。

在公寓门口，初美与住在对面的城山夫妻的孙子淳平不期而遇。初美本想和他打个招呼就走过去的，但是淳平却双眼放光地向她走了过来。

"初美！哎呀，你最近越来越漂亮了！你瘦了啊！"

夏天去看烟火时的他还十分粗暴呢，现在却像换了个人一样神采奕奕。他和羽生一样——初美感觉有些厌烦。

"对了。我奶奶买了很多柿子，如果你想吃的话，一会儿就去拿吧！你丈夫今天也是晚归吧。"

"谢谢你的好意，柿子我就不要了。柿子糖分太高了。"

初美避开他的目光进入了电梯。当电梯门关闭时，初美的表情彻底垮了下来。当初美回到家时，家里的灯亮着。她没想到丈夫竟然会这么早回来。或许他主编的杂志终于要结束了吧。初美第一次听说废刊的事情似乎是在今年初夏。眼前驼着背坐在客厅电脑前的丈夫在屏幕的白光映衬下像是一下子老了。初美故作轻松地说道：

"真稀奇啊，今天这么早回来啊。要做点儿吃的吗？"

"不用了，我吃完回来的。明天要早起，我睡了。"

"你都驼背了，肩周炎会更严重的。只要你注意挺直躯干，你就会变得轻松起来。今天志摩就是这么说的。"

丈夫没有回答初美的话，他说了句"我累了，先睡了"，然后就两手撑着桌子站了起来。初美当然不会让他这样走掉。于是她跳到丈夫面前，像芭蕾舞演员那样转了个圈。

"你看，我又瘦了哦。我变漂亮了吧？"

"小初，你的口头禅又开始了，'我漂亮吗？漂亮吗？'最近你一直这么说。抱歉，我累了，要睡了。"

虽然丈夫的敷衍令初美很是在意，但他的语气中还是掩饰不住疲劳与焦躁。卧室的门静静关上后，客厅里只剩下了初美自己。与她的空虚相反，看到丈夫与其他男人不同，无论自己的身体变得多么紧致，他的态度却始终不变，初美竟然因此生出了一丝信任感。门铃响了。初美厌烦地打开门，就看见了抱着柿子袋、眼睛放光的淳平。

"我都说了不要了！"

"可我还想再看一下你啊，你现在是一个人吗？"

初美深吸口气，一下子夺过了纸袋，然后却突然拉过了淳平的右手。他的肌肤带着热度，血管也在不断鼓动着。初美全然不顾地将他的手放在了自己的下腹上。

"能感觉到我的腹肌吧？硬实吗？我的腹部怎么样？"

"是。非……非常……硬实。"

这个回答让初美非常满意，随后便一下子推开他摔门进去了。

虽然身体内部感受到了男人的热度，但是她的心却并没有产生涟漪。或许她也患上了性冷淡。觉得那样也不错的初美大概是失去了本来的目标。不过，自己因为被欲望左右而感到的羞耻与受到的伤害已经足够多了。要是它们都能随着脂肪一起掉落就好了。比起那些事情，还是要先把这些碍事的柿子放到看不见的地方去。初美打开了电脑，她要练习叫作 VIPS 还是什么的舞蹈了。

"你很努力。总共减掉了 10.5 千克。锻炼两个月能达到这种效果的，在我的学员中也就只有岛村你了。你的课程结束了，辛苦啦。"

初美感受到了志摩声音中的颤抖，这似乎并不是因为初美做了 30 次哑铃而产生的错觉。随着体重秤示数的下降，初美感到一阵虚脱，她有气无力地坐在了地板上。她看着弯腰面向自己的志摩，一边调整呼吸一边道谢：

"这不是我一个人的功劳。都是因为志摩你在我身边的关系……"

"不，这都是因为你的努力。人是通过努力就能改变的生物。只要努力，梦想就一定能够实现。老实说，岛村你是位特别的客人，所以我对你格外用心。每次看到你努力的样子，我就想，我也要努力实现自己的梦想。"

志摩内双的小眼睛闪着光，平时苍白的肌肤微微有些泛红。

初美想摸一次她素颜的脸。与减重成功相比，能够与志摩产生联系更让现在的她感到得意。想到课程结束后就再也不会见到志摩，初美觉得现在这一瞬间极其珍贵。

"能告诉我你的梦想是什么吗？希望我能帮上忙。"

或许志摩的愿望是将来开家自己的健身房呢？——初美仰头看着志摩想。如果是那样的话，初美觉得自己的人脉还是很广的，她一定会多多介绍客人给她。

"那个……我就直说了。其实，我想成为偶像。"

志摩不知何时已经跪坐在地板上，目光平视着初美道。

"啊，你说什么？"

"我这么说有点儿不好意思，不过我一直在想，岛村的丈夫在这一行里应该有很多关系吧。"

只是一句话就解除了所有的魔法。原来志摩练就这样完美的肉体，也不过是为了成为那种身材惹火的年轻女孩而已。她的脸因为巴结与期待而涨得通红，就像镜中平时映照出的自己的脸一样，露出的只不过是一种怪异的表情。初美尽量爽朗地道：

"志摩，你今年多大了？"

"22岁。作为偶像来说，我的年纪有点儿大了。在我不断尝试着入行时，已经到了这个年纪了。但是，VIPS里面还有几个比我年纪更大的成员呢，VIPS就是我的理想。"

初美想起了最近看过的由很多人组成的偶像团体，她已经想要悲叹了。

初美的客户中也有一些模特或艺人。所以，初美十分清楚，志摩的确拥有一副非常美丽的肉体，但比起异性，同性会更加喜欢她那样的身体。而且她本身也不是站在镁光灯下的类型。初美冷静地以专业设计师的眼光审视着志摩，就像她平时对待自己那样。她把志摩看作是一件待价而沽的艺术品，审视着她那毫无赘肉的坚实身体，将内心想法展露无遗的脸与紧抿的薄唇。初美感觉自己像是一个裁判，自己好不容易才重获年轻的身体似乎又变回了原样。

"你非要做舞台演员吗？"

"不，我只想当偶像。我也不想结束健身房的工作。求求你，给我一个机会吧。我会努力的。你不就证明了只要努力，什么都能实现吗？"

有些事情是无论如何努力都做不到的，自己要怎样才能在不伤害这个年轻女孩的前提下教会她这一点呢？

"因为有你，我才有了这样的改变，但是……我还是一定要说。"

镜子中映出了面对面交谈着的初美与志摩的身影。她们两个既不像姐妹，也不像朋友。

"我的话有点儿难以启齿。我的老公不想和我亲热，他的身体并没什么毛病，平时也会手淫，很正常。他意淫的对象就是像你这样锻炼过的身体。"

两个月前，初美在借用丈夫的电脑时不小心看到了一个网页书签。里面都是退役运动员改做 AV 女星后的火辣自拍网页。初美的手颤抖着，沁出了莫名的冷汗。本以为他只是缺少男性的欲望，现在知道了真相，初美立刻关掉了电脑拔腿跑了。随后，初美决定要减掉 10 千克。如果那样还是不行，那他们可能真的应该分手了。在这之前，初美总是禁不住想东想西、心情低落。志摩一脸困惑。

"怎么会……但是，你不是经常说起你丈夫吗？你们关系很好吧？"

"没办法啊。有些东西是你再怎么努力也做不到的。什么事都不会尽善尽美，做不到的始终做不到。"

自己好像并没有想象的那样悲惨——初美在心中冷静地分析着。自己能在今后的一生中都和丈夫过无性生活吗？自己究竟想要过怎样的人生呢？这个问题她已经反复问过自己很多次了，依然没有答案。

"志摩你很漂亮，很有魅力。你的表演也一定会很好。但是，你不会成为偶像。你的坚强和聪明会让粉丝远离你。你自己也知道的吧……"

"……注意不要反弹。"

志摩小声道。她像是为了掩饰情绪般转过了身。从她身后的镜子里能够看到她红透的耳根。作为一个年长的女性，难道自己就不能说些更加治愈她的话吗？·——初美在更衣室里慢吞吞地整理着自己的柜子，然后归还了置物柜的钥匙、训练服。在这段时间里，她始终处于自我厌恶中。她连走一步的力气都没有了。虽然有点儿奢侈，但她还是决定打车回家。初美靠在车窗上，眺望着日落的 246 国道，她发现自己很饿。这两个月她都没吃什么像样的餐点。

回到家时，初美发现丈夫的短靴整齐地摆放在玄关。

"今天回来得好早啊。"

丈夫并没有转头看初美，他趴在客厅的桌子上简短地说道：

"我们决定废刊了，虽然现在说是休刊。"

啊，这样我们就有时间过二人世界了。好好休息消除疲劳后，也许丈夫就能恢复到婚前的状态了。——初美马上就为自己的暗自窃喜而感到惭愧。好妻子在这种时候应该对丈夫的痛苦感同身受才对吧。丈夫明明很痛苦，但是自己却毫无察觉，初美对此也无可奈何。虽然住在同一个家里，虽然两人互相珍惜，但他们的感情并不能完全融合，就像丈夫并不能理解初美的渴望一样。

"你已经很努力了。那也是没办法的事。"

初美穿着外套坐在了丈夫的对面，丈夫抬起了头。他肌肤蜡黄，眼窝深陷，眼白充血。他的眉毛因为生气而皱在了一起。

"你怎么可能会懂啊……"

"……是啊。一个随心所欲工作的人怎么会理解你的辛苦呢。但是，我最清楚有些事情是无论怎么努力也做不到的。再向你汇报一下，我瘦了 10.5 千克。因为你好像更喜欢苗条的女孩子。"

丈夫盯着初美看了一阵。然后他用沙哑的声音不断念叨着对不起。

"咱们还是先吃饭吧？"

丈夫无力地摇了摇头。

"我没食欲。"

初美拿出了橱柜里的水果篮，那里面装了满满的柿子。

　　他们两个结为夫妻到底有什么好处呢？没有夫妻生活，也没有孩子。至今也没有遇到过需要联手面对的苦难。在这种时候，初美能够想到的就只有为丈夫弄些应季水果了。

　　"这个柿子怎么样？这是城山太太给的。"

　　初美想要剥下柿子皮，于是去厨房取了水果刀。当她回来时，丈夫正在咬着柿子。上次明明还嫌弃我含着桃核呢——初美暗自叹息着弯腰坐了下来。她摆弄着手里的小刀，刀身映出了丈夫的样子，初美看着他的侧脸一下子着迷了。

　　丈夫本来应该是个不落世俗的好青年。现在的他却是个受伤、疲惫至极、身体浮肿的中年男人。松垮的身体曲线、干燥的肌肤配上满脸胡楂儿。

　　多么性感啊。

　　初美吞了吞口水。或许自己真的没有把丈夫当作男人看待吧。自己一直打算要共度一生的这个男人到底是谁？他那不健康的黄色门牙咬破果实，果实里面露出的明黄色表面就像是即将要被剥开的美人蕉。初美知道，神所隐藏的毒药正在这个男人的身体里慢慢起效。他的眼中微微带出甜蜜，干巴巴的皮肤也获得了一丝生机。初美沉浸在自己的思绪里，一言不发地注视着自己的丈夫。蛋白质所没有的即刻滋养效果正在扩散到身体的各个角落。

　　丈夫吐出了泛着茶色光泽的大果核。

　　初美想起自己过去也曾这样注视过这个人。他们在可爱的咖啡馆里聊着无聊的话题，但那时的自己内心只要想到总有一天会和这个男人上床，就会激动到全身的鸡皮疙瘩都站立起来。

初美向两个多月没有吃过的高糖水果伸出了手。她在心中对自己说，这是为了抑制心中不明所以的欲望，她的身材是不会因此反弹的。

眩晕的甜瓜

| メロンで湯あたり |

　　从爬上箱根登山铁路的 Z 字形陡坡开始，初美的小腹就开始闹腾起来。初美感觉大事不妙。由于最近总是烦恼缠身，初美晚上常常睡不熟，到了白天就总是犯困。她的大脑里明明一片混沌，身体却在发烧。尽管如此，初美还是不由自主地劝慰自己，总不会比现在更倒霉了。初美的小腿肿了，鞋子发紧。在她前面一排的座位上并排坐着三个女高中生。她们穿着都市里难得一见的长款学生裙，配上光秃秃看得见汗毛的额头，让她们看起来那么天真烂漫。她们在这么冷的天气里还用吸管来回吸着盒装的草莓牛奶，而且还大声笑闹着。初美想，她们之所以会这样，是因为这里对她们而言并不是温泉旅行地，而是每天的日常生活吧。初美疲倦地把头靠在丈夫的肩膀上。随后，她看到了其中一个叼着吸管的少女一直在盯着他们看。或许在她那纯洁的眼中看到的是一对庸俗不堪的男女吧。尽管他们已经有近三年没有过这样亲密的动作了，但初美还是因为这视线而感到难为情，她昏昏沉沉地闭上了眼睛。

刚到强罗车站的月台，夫妇两人就被寒冷的土地与浓郁的绿色气息包围了。初美已经变得迟钝的感觉稍微恢复了一点儿。她张嘴深吸了一口澄澈的空气，口中就产生了一股柔和的薄荷味儿。天逐渐黑了下来。因为初美夫妻两人都是拼命赶工到最后时刻的，所以当他们两人飞奔着乘坐上浪漫号旅游车离开新宿时，已经过了下午四点。当他们到达温泉旅馆时，已经差不多到该吃晚饭的时间了。

初美感到热血沸腾。她一边在心里默默祈祷着一定要挺住，一边和丈夫一起坐上了早已等在车站的宾馆司机开来的奔驰。他们要去的是一家超高级的旅馆，单是两夜的住宿价格就已经超过了新入职员工的月收入。

汽车开上白沙铺成的斜坡时，已经有四名女侍者和一名领班等候在旅馆正门的玄关处了。甜香的热水味道不知从哪里飘了过来。木制的楼阁中浮现出了和风式的现代建筑。进入旅馆正门后，首先映入眼帘的是两百米的连续回廊式大厅。大厅里并没有旅客。真不愧是强罗第一的旅馆啊——就连曾经任职过杂志主编、去过独栋日式酒家取材的丈夫都对这里赞叹不已。

女侍者引领两人到了三楼一角的房间，这个房间大约八张榻榻米大小，从板廊与房间地面构成的飘窗中，能够看到被竹帘覆盖着的露台。而这个房间里的最大卖点就是露天浴池中满溢的澄潵温泉水了。虽然只是一个直径一米左右的八角形小浴池，但想到能在今后的两天里和丈夫两个人独享这个浴池，初美突然感到了欣喜与得意。当女侍者端来茶点之后，初美嘀咕了一句要去厕所后，就走向了洗手间。摆放着松桧木的洗手间里，门以外的其他地方都镶着玻璃，而且还带有蒸汽桑拿房。

初美刚刚脱掉内裤，一抹红色就流了下来。虽说生理期晚了一个月，可它为什么偏偏要在这个时候来呢？虽然她带了以备不时之需的生理用品，但并不够用两天的。还需要再买——初美深深叹了口气，她坐在温度设定得刚好的马桶盖上。一会儿之后，她呻吟着垂下了头。她的生理期本来应该在两周前就结束的。她之所以支付这么多旅游费都是为了能够让自己的无性生活画上终止符。据说这里的温泉受孕效果极好。果然，想要一次性解决掉所有问题的自己真是太贪得无厌了。这大概就是对她的惩罚吧。

"我的生理期好像到了……"

出了洗手间，初美有些不好意思地喃喃道。她背过身去换上了浴衣。她从便携药盒中取出止痛药，就着茶水喝了下去。

"啊，是吗？好像是延迟了吧。"

正在打开行李箱的丈夫，似乎并不怎么遗憾的回答让初美很恼火。也许丈夫也为不用和自己亲热而松了一口气吧。单是想到这一点，初美就突然很想大哭一场。她觉得自己今天的情绪很不稳定。

"我肚子痛！"

　　她呻吟着抱着肚子蹲在了榻榻米上。她并没有夸张，这种钝痛已经让她站不起来了。这几个月来一直忍耐着的身体终于有了想哭的感觉。她感觉身上各处都在肿胀、发烧，就连身上的衣服都不例外。

　　"你没事吧？难得住一次高级宾馆，咱们就尽情享受吧。"

　　"总感觉有点儿赔了……难得的旅行却……"

　　"你去泡温泉吧，能够缓解下疼痛。"

　　再呻吟也无济于事。初美关上板廊的隔扇，脱下衣服去了外面。山里夜晚的寒冷让人全身的细胞都苏醒了。初美赶快让身体沉入了温泉中，她能感觉自己的内核如同针扎一般地颤动着。她知道那是因为她的皮肤在突然收缩后，和坚韧的神经一起放松了的缘故。初美俯视着自己浸泡在透明温泉水中的小腹。那里原本已经通过昂贵的健身训练瘦了下来，然而这段时间的暴饮暴食又让那里蓬松了起来。小腹的附近就是子宫吧——初美怎么想也想不出答案。她从来没有确定过子宫的位置。就在她胡思乱想时，温泉水中缓缓地出现了一条像小龙一样舞动着的红色东西。这里不是公共浴室，又是包租给客人的温泉，但初美想还是别再泡了。虽然温泉池很小，但是能够独占它已经奢侈得惊人了。当然，她没有忘记把血清理干净再出浴池。

　　"难得来一次，要多泡泡这里的温泉。"

　　初美出了温泉，正要换衣服时，丈夫笑着对她道。也许是止痛药起了作用，初美感觉身体好像从里到外暖和了起来，自己的心情也好了起来。或许那是因为房间里到处都在使用的天然材料。

初美再次环视室内。房间里使用的是和纸、土墙、竹子和灰泥，而且就连纱窗都是用木头做的。在这里根本就不想去碰电话或者看电视，她原本毛躁的心在这里都变得平静了。

"这里的索道是新修的吧。我想吃温泉蛋，还想去有福音战士的便利店，还有玩具博物馆……"

"还是算了吧，咱们就在这里休闲吧。只要和你待在一起，我就很开心了。咱们今年都没正经过个年。现在就过个农历年吧。"

女侍者送来了晚餐。用作餐前开胃酒的柚子果露冰凉黏稠，顺着喉咙滑过之处都会留下一股甘甜，喝起来很舒服。豆子、伊达卷、松风等菜肴各式各样极为丰盛，初美笑着道：

"它们好像是年节菜啊，真可爱。"

烧鲜笋、香鱼冻、海胆芋头等次第端上了餐桌。包子里是肉松馅，馅料外面还裹着翡翠色的馅料。光是看着这样的包子就能让人内心一片柔软。虽然初美吃了止痛药，但她还是想喝上一杯。于是在丈夫倒酒后，她自己也倒了一杯日本酒。香甜的酒味向她的全身扩散，初美心情好到像要飞起来。接着又上了生鱼片、天妇罗和鲷鱼饭。随后上来的饭后甜点则是脉络分明的大块甜瓜。

"这个甜瓜真是太好吃了，真是太甜了，而且汁水也很多。"

甜瓜的果肉甜到令人目瞪口呆。就在初美咬到甜瓜的瞬间，甜瓜上的无数纤维缓缓松散开来，就像是一座正在倒塌的城堡。而她的体内则开始自然而然地吸收那种天然的甘甜味道。没想到那样脉络分明的甜瓜中，竟然隐藏着如此水润。初美觉得这个水果简直就是水资源充沛的小地球。

饭后，初美一边喝着饭后茶，一边想着刚刚的甜瓜，随后叹息道：

"我的生理痛好像逐年加重了。我又一直没有去看妇科，也许应该去看一次了。"

"好啊。我还想和你要个孩子呢。"

丈夫关切地说道，初美怀疑自己听错了。她看着丈夫背后的墙上挂着的富士山字画，感觉像是出自小孩子的手笔，字迹潦草粗糙，她突然感到十分焦躁。

"你什么意思？明明都不和我那个，那又怎么可能会有孩子！？"

"我没说过不想吧。等到咱们有时间了，两个人能够慢慢来的时候，一定会有孩子的。"

"算了，现在说什么也没用，我还在生理期呢。要是没有它就好了。"

虽然嘴上说着希望生理期结束，可初美已经遗忘了的疼痛仍在继续。她开始神情恍惚，想不起自己要说什么了。她很后悔精心准备的一切全都白费了，她甚至想掀翻面前的矮桌。

"你总说什么时间、时间！现在的我已经没有那种心情了……时间根本解决不了问题，算了。我不是来这么昂贵的温泉治病的，也不是来这里和你吵架的。什么都不顺，这和我想象的三十岁差太远了！"

"初美，你最近太忙了，我也是，而且我的杂志还停刊了……咱们都别着急，好好消除下疲劳，好吧？"

什么消除疲劳、好好休息，丈夫总是这么说。他们两个到底什么时候才能有夫妻生活呢？自己可是从没有在生理期做过那个。想到这里，初美又对如此倒霉的自己很生气。

初美默默起身，她把浴衣和内衣脱在了板廊下。她身后传来的是丈夫迟疑的声音，他在对她说"刚吃完不适合洗澡"。天色更暗了。初美感觉温泉水更热了。她"扑通"一声跳进水里，水池里立刻水花四溢，这让初美略微感到几分快意。

甜瓜的硬皮下面都能隐藏丰富的果肉，何况是初美呢。初美试着轻触了一下自己裸露的胸部，那里圆润柔软。但是，这样的身体毫无意义。无论要不要承受生理痛的折磨，自己都生不出孩子。初美已经什么都不去想了。她觉得这样泡在澄澈的温泉水里，然后享用流水般端来的美食才最适合现在的自己。

为什么会诸事不顺呢？年纪增长了，生孩子的概率却在逐年降低。

去年圣诞节前后，一位有名的女演员在博客上展示了初美设计的手镯。这使初美的订单激增，一个人根本忙不过来。虽然她想请曾经在一个店里工作过的同事和同行帮忙，但在年终岁末的时候很难找到人手。虽然她已经尽可能地在博客以及 DM 上对于商品不能及时到货的事情进行了道歉，但订购者中不仅有人要求苛刻的赔偿，还有人在网络上反复对她进行诽谤与中伤。直到昨天，初美终于邮寄完了所有商品，这件事也总算解决完毕。初美是有野心的。她认为自己的工作并不是家庭主妇的消遣，但这次突如其来的事件却让她觉得自己并不专业。之所以会因为压力导致生理期延迟，也是因为自我厌恶吧。丈夫几次出声喊她，但初美装作没听见，她感觉温泉水像是没过了头顶。

初美意识模糊了起来，她似乎有点儿困了。她还记得有道强力将她从温泉里拉了出来。当她清醒时，自己已经躺在灯火通明的房间的床上了。满脸担心的丈夫正把装着功能饮料的塑料瓶递给自己。他是在哪儿买回来的呢？他的脖子上还在流着汗。

"不能在浴池里睡觉，那会晕过去的。"

"不好，我得穿上内裤。卫生巾！"

初美一边补充水分，一边手忙脚乱地想要起身。她的身体重得像是灌了铅。

"不要紧，已经给你穿好了。我向领班借了车，在那边的便利店里买回来的。功能饮料也是。"

初美不由得伸手探向内裤，内裤上贴着卫生巾。不仅如此，他买的还是夜用卫生巾，而且贴附的位置也很正确。太厉害了，这个人真是厉害不是吗——初美再次凝视着丈夫的脸庞道：

"谢谢你。感觉我好像是让人换尿布的小婴儿，真是不好意思。"

"对我来说，你就是小婴儿啊。"

丈夫横躺在她旁边，然后开始揉她的腹部。他手掌传来的热度让小腹温暖起来，让那种钝痛缓解了不少。他按揉肚子的样子就像是初美的肚子里有个两人的孩子一样。丈夫温柔地持续按揉着。然后，他从背后抱住了初美。他的热度直接传递给了她。初美想，他们真的很久没有像这样什么都不做，只是单纯地抱在一起了。不知不觉间，初美睡着了。

日光透过窗帘射了进来，似乎已经是中午了。看来他们是错过了这家旅馆有名的早餐了。初美刚睁开眼睛，丈夫就在她耳边小声嘀咕道：

"干脆咱们两个就像熊一样一直在这里冬眠吧。"

"说什么呢，你当你是村上春树？那样会把钱花光的，这里可是高级宾馆。"

"我不管，反正我是不想动。"

时间好像静止了。只要能够像这样两人抱在一起，初美觉得自己再没有什么奢望了。或许他们之间并不需要其他的东西。或许就是因为不需要，所以他们才心无旁骛的吧。只要肌肤相亲地睡在一起，她就能放心地感受到自己的存在了。

又这样睡了几个小时，再醒来时已经是傍晚了。初美觉得自己的身体前所未有的柔软且充满活力。当她上厕所回来时，丈夫也醒了。

"初美你瘦了——以前你小肚子上的肉可多着呢。"

初美再次钻进温暖的被窝，里面有着两个人的味道。丈夫的手轻轻滑过初美的腰。自己明明很努力了，但是日常生活还是没有改变。想到这里，初美安静了下来。无意间触碰到的火热硬物，一时让她有些不知所措。

"啊，是什么，怎么回事？"

她吃惊地起身，试着轻轻动了动握着那东西的手。

"我就是要休息啊，到底怎么回事啊？"

丈夫若无其事地道。初美顿了顿，随后窃笑着再次钻进了被窝。

"初美，想点儿下流的事情。"

"啊，现在？"

"你能想到的下流的事情是什么啊？"

初美还从没有和丈夫聊过那种话题。就在初美犹豫时，丈夫开始在她的小腹上到处挠痒痒。初美受不住地"咯咯"笑起来。他们不再是彼此的幻想对象了——虽然这一认知让初美有些寂寞，但她还是感觉如释重负。

"那幅挂轴上的画可真差。"

"我也这么想。咱们再这样多待一会儿吧。到晚饭之前还有的是时间呢。"

说着，丈夫打了个哈欠闭上了眼睛。初美盯着丈夫看了一会儿，然后望向天棚。

也许所有事情都需要等待果实成熟。只要能花费时间、精力，就能够肌肤相亲、心灵相通，只要坚持一起生活，总会能等到花朵绽放的那一刻。当初美终于起床时，腰间缠着的腰带和几乎是吊在肩膀上的浴衣已经在被褥上了。丈夫正在张着嘴睡觉。他对性很冷淡，又优柔寡断。但是，这个男人却是只属于初美一个人的，是专为初美而存在的男人。初美赤身走到房间外，比起泡温泉，她现在更想呼吸一下山里的空气。

身体泡在澄澈的温泉里，初美的两腿间已经不再出血了。看来昨天果然是血量最多的日子。只要吃了止痛药好像也能去观光

　　了，但初美还是想和丈夫抱在一起。

　　从温泉池中仰头看到的是深灰色的山峦中如同花灯般次第绽放的红梅，箱根登山铁路正在穿过初美近前的落叶乔木林。

盛装的杧果

| よそゆきマンゴー |

"我说，咱们接下来去'美丽岛'吧？"

没想到丈夫竟然会有这样的提议。进入梅雨季节后，周末就哪里都不能去了。初美正在取出烘干机里刚刚洗净的 T 恤，用手抻平上面的褶皱。她顺着丈夫的目光看到了"美丽岛宾馆"。虽然贴在墙上的"纯日式房间，开业大酬宾"字样已经被持续了一天的小雨淋得半透明，但距离一百多米的地方还是能够看得很清楚。那是一家刚刚在车站前开业的爱情旅馆。据说它给人以巴黎度假之感，那里成了夫妻二人近半个月经常谈起的话题。虽然有些住客破坏景观，素质差，但对于没有孩子的初美夫妻来说，却是一道突然出现的奇景，有趣到他们甚至会去查找"美丽岛"的主页。丈夫的话被初美当成了玩笑，她收回视线开始叠起了衬衫。

"哦——算了吧。"

薄纱窗帘里吹进了潮湿的风。房间里充满了淡淡的泥土味与水的味道。过阴历年时，初美在温泉旅行中那燥热一时的欲火已经降了下来。虽然刚过 33 岁的她有些大惊小怪，但作为一个生命体，她也许正处于爬坡阶段。放弃许多苛求之后，等待她的是前所未有的安稳时间。书本上、电影里不也经常说吗，比起不曾拥有的东西，细数已经拥有的才是正确的。初美觉得能够认同这一点的自己变得聪明了。同时，也可以说是自己老了。无论是雨中出行，还是身体透过窗子所见的日常风景，都不能令初美提起精神了。她的丈夫是不会和她亲热的。

"这里很近啊？而且现在还有优惠。就当咱们是去那里唱卡拉OK，一个小时左右就能回来了。这样是在家还是在宾馆就都没区别了。"

既然没区别，待在家里不就好了——初美厌烦地抬头看向丈夫。不过，一向安静的丈夫很少像这样快人快语。他担任主编的杂志停刊了，但也许是因为获得了充足睡眠的缘故，他的皮肤变好了，外形也明朗起来。看着逐渐恢复成新婚时模样的丈夫，初美总算放心了。最近，丈夫一直在认真努力地进行身体管理，操持家务。在初美处理完早春时蜂拥而至的订单后，时间变得很充裕，她不再感觉没精打采了。她开始有意识地增加蔬菜与水果的摄入量；饮用温茶；在洗澡水中加入浴盐浸泡全身，直到发汗。初美不知道这样的生活能够持续到什么时候，但只要能够彼此依偎着平静地生活，她就会感到精力充沛，身心满足。

"那家宾馆在业界似乎小有名气呢。里面还有岩石浴和桑拿，很有南国风情，还有自助水果供应，比如木瓜、杧果等热带水果。"

"哎，岩石浴和自助水果？还真是吸引人啊，去做个水疗也不错啊，那咱们也去吧。"

初美每次去大浴池一角的岩石浴时都在想，要是能把口袋书带进这里该有多好。如果这个空间是完全属于自己的，那么她就可以一边用自己的美颜器美容、看书、玩手机，一边坐在热石头上发汗了。

初美穿着居家衬衫和短裤向门厅走去。钱包和雨伞都由丈夫来拿，她只拿了钥匙和刚开始读的鸭居洋子的文库本小说。丈夫也兴高采烈地紧随其后出了门。看着自己的便装，初美心里有些犹豫，穿成这样去宾馆，一看就是离家很近。当两人走到公寓大门口时，身后传来了说话声：

"哎呀，你们夫妻俩下雨天要去哪儿啊？看你们总是这么甜蜜，真是羡慕呀！"

身后出现的是对面楼里住的老人城山太太，她柔软得像奶油一样的脸上带着笑。初美和丈夫的目光交汇了一下，随后就笑称她和丈夫要变成连体婴，岔开了城山太太的话。初美感觉夫妻两个去宾馆的事情会让人觉得荒谬，有违常理。自动门刚一打开，湿暖的空气就扑面而来。两人打开一把塑料伞，肩并肩离开了小区。淋湿的沥青地面变成了深黑色，庭院前花坛里的鲜花娇艳欲滴，它们像是感受到了路面释放的些微毒气般，不断扑向地面。如同婴儿头大小的绣球花无精打采地盯着地面。到达"美丽岛"

时，他们已经头发蓬乱、全身湿透了。

"虽说现在是大酬宾，可还是很贵啊……"

看了一眼紫色招牌上的标价，初美终于清醒了。对于一项百无聊赖的消遣来说，这价格太贵了。现在的她既没有独身时那么热情奔放，也没有多想到这里来。初美觉得她来这种宾馆的次数还算正常。但仔细回想的话，那时的自己完全没有在来宾馆的瞬间在意过价格。

在看到网上那个美轮美奂的"美丽岛"最新网页时，初美一定不会想到，近看的它会是一个这样普通而直接的爱情宾馆。除了门口装饰了椰子树和棕榈树外，这里根本不会让人联想到巴厘岛，或许这里并不适合像她这样心如止水的人。

"还是算了吧……在这里花钱太浪费了。咱们又不是没处亲热的情侣。要说舒适程度的话，这里和家里也差不了多少。"

"既然差不多，那就进去吧！要是待在家里的话，咱们俩就会一直这个样子。"

没想到丈夫会有这种心思的初美很是犹豫，她的表情变得很认真。

"但是，我总觉得不好意思。夫妻还去爱情宾馆，太奇怪了。"

"没什么不好意思的，小初。"

初美吃惊地看向丈夫，他的眼中并没有责怪的神色。最近，洗完澡后初美已经不再全裸着走来走去了。但发现丈夫已经完全接受了她那种样子的初美还是觉得很难过，她无力地垂下了肩膀。很明显，他们已经不再是男女关系了，但丈夫还是在尽可能尝试着他们之间的男女关系。站在宾馆前争执的初美夫妇引来了路人的侧目，没办法，初美只好在丈夫的催促下闭着眼睛走进了"美丽岛"。

里面的空房很少，但只要看看房间里的隔断就知道，这里的哪个房间都是一样的。无论怎么看，这里也没什么不同，初美仅凭某个房间的号码反过来读和自家的门牌号一样就选了这一间。他们在挡住了宾馆服务员的柜台前接过钥匙，随后进了电梯。初美仰头看着高个子的丈夫，就像是在看一个陌生人。接下来自己就要和这个人亲热了吗？初美完全没感觉，时机太差了。如果有人问她，是不是不想亲热？她一定会说不是，而且她反倒会是非常乐意的类型。但她已经空床太久了，初美完全想象不出丈夫会有什么举动。

她脱了鞋，随着丈夫走进了房间。

这是一间 10 张榻榻米大小的房间，里面有沙发、等离子电视、卡拉 OK 设备、卫生间、带有喷雾器的化妆室以及宽敞的浴室。初美低头看了下房间中央摆放的氧气瓶形状的铁罐，随后轻轻地把小说放在了茶几上。自动售货机的储物柜里放着润滑油、高筒袜、网状紧身衣、尼龙绳等，每样都是一千日元左右，很便宜。就在初美不再光顾爱情旅馆的这几年里，爱情旅馆发生了巨大的变化。初美也说不上是怎么回事，但刚刚的那种不快感已经消失了。看来并不是每个房间里都带有岩石浴——发现了这一点的初美很失望。

3 年里无论怎样软硬兼施都不为所动的丈夫终于又给初美

带来了温暖，现在的她却因为不能泡着岩石浴看小说而感到失望，这样的她是身在福中不知福吧。他们并排坐在沙发上，虽然并没有碰到丈夫，但她还是能够感觉到他传来的体温。现在她终于明白了丈夫的心情。就像他自己说的那样，他并不是对初美没了兴趣，而是对性感到厌恶，他没办法把性和初美联系到一起。

也就是说，自己并没有那些年轻漂亮、光彩夺目的女人的特权吧。初美没有化妆，头发毛糙，上身穿着运动背心搭配旧T恤，下身穿着与丈夫共用的短裤。这种打扮的自己待在爱情旅馆里好吗？想到这儿，初美感觉有些抱歉。或许因为内疚，初美感觉有些憋闷。

"感觉喘不过气，没开窗子吧。"

"那就开空调除湿吧！"

丈夫在床边找到遥控器完成了操作。很快，屋子里变得干爽起来。初美的胸口感觉舒服了些，但是房间依然是密闭的。房间里的空气并没有变化，就像他们两个一样。无论冷热，本质上都没有变化。像是要摆脱丈夫的凝视一样，初美慌慌张张地跑到了窗边。她拉开了休闲风格的茶色木窗，但是外面的玻璃窗却打不开。

"看，能看到咱们家！"

初美忙向正在给前台打电话点水果的丈夫招手道。在蒙蒙细雨形成的雨幕中，穿过一排住宅，初美看到了自己住的公寓。当然这也是他们第一次从这个位置眺望自己家。

"你看，那是咱们的房间。看清楚了吧。是啊，咱们看得见这边，这边也能看见咱们。"

"是啊。这样看的话，咱家的房子相当陈旧啊。"

"别这么说，咱们可是贷款 35 年的。"

两个人并排站在窗边看了一会儿，丈夫突然果决地关上了窗子。没办法，初美只好返回坐到沙发上，拿起藤编的矮茶几上放着的几种菜单看了起来。其中一张上是带着同一副表情的黑皮肤女模特变装成巫女、修女、空中小姐以及穿学生制服的照片。

"这上面说花 500 日元就能玩 cosplay。真好啊，我的情绪好像都高涨起来了。"

初美只是说说而已。她虽然对 cosplay 不抵触，但她也没心情故意装作热情高涨。尽管如此，初美还是目不转睛地看着被做成塑料板的菜单。一阵规矩的门铃声传来，让人感觉这里像是一个民宅。丈夫站起来开了门，好像是果盘送到了。用保鲜膜包着的冰镇果盘看起来比他们预想的分量要少。相比"卖相"很好的杜果或木瓜，缺水的菠萝反而更多。初美拿了一块杜果送进嘴里。杜果有点儿酸，味道稍差。对于水果成熟度的判断，初美绝对不会输给任何人，她觉得失望透顶。尽管如此，杜果那向左右分开，被切成网格状的金黄色莹润果肉看上去依然诱人。

"这杜果是怎么切出来的啊？感觉好特别啊！"

"啊，我知道。其实很简单，我在照片里看过。交叉着切完后扭转果皮就行了。"

说到照片时，丈夫的眼里带着一闪而逝的悲伤，初美全都看在眼里。丈夫的新工作岗位要到下周才能确定。或许这是最后一个能够放空一切、悠闲度过的周末了。初美强烈希望帮助丈夫实现愿望。

"回去的时候一定要去超市里买杞果。记住要点好的话应该能够切得好……"

丈夫突然吻住了初美的唇，他抓着对方肩膀的手全是汗。初美感到有些突然，她咽了下口水，舌尖上带着的酸酸的杞果味道也一并带进了喉咙深处。

"不行，我都是汗味。"

"哪有。"

"总感觉有人在看着咱们。这种地方都有监控器的吧。"

"那有什么。我要让他们都看看小初你美丽的身体。"

"我不要。咱们慢慢来，好吧？"

初美冷冰冰地推开了丈夫，连她自己都有些自责。她马上站起来，走到卡拉 OK 前开始点歌。然后，她拿起墙上挂着的麦克风，挺直了身体。

其实，在看到卡拉 OK 时，初美就心痒难耐地很想唱一首歌。那会让她关闭对男人的情感。她知道现在不该唱这首歌，却怎么也克制不住。那是最近她看后感动不已的《冰雪奇缘》里的主题歌——*Let it go*! 出现在了大屏幕上，悲伤的前奏响了起来。

整个房间里都在回荡着自己的歌声，这种快感让初美一时有些失神，她几乎都要忘了丈夫也在这里。想到光是这样已经不虚此行，刚刚的拘束感霎时减轻了。

初美看到丈夫戴上了耳机。想到丈夫并没有听到自己刚才的激情演唱，初美一下子拔掉了丈夫的耳机，耳机中立时传来了女人的娇喘声。等离子屏幕里的办公室女郎正是丈夫喜欢的类型。初美忍不住很没形象地笑了起来。

"真过分，你看 A 片！"

"我看小初你玩得开心，所以我也开心一下。"

"开心的内容也差太多了吧！"

说了句"我去洗澡"，丈夫就马上逃离了现场。初美情不自禁地看向丈夫点开的电视频道。

"喂，小初你也进来！进来呀！"

浴室里传来了丈夫的淋浴声和说话声。初美随之快速脱掉了家居服，然后打开了浴室的玻璃门。透过浴室里的热气，初美看到了一丝不挂的丈夫。

"你是不是锻炼身体了？"

"花了不少时间呢。看到小初你那么努力地变漂亮，而且还在努力保持体形，我当然也要努力啊。所以就偷偷练了腹肌。"

初美暧昧地微笑着开始淋浴，并没有说出自己已经反弹了两千克。丈夫略带得意地抚摩着自己的小腹给初美看。丈夫原本很瘦，现在却有了一种结实的感觉。他正在手上涂抹着一种黏糊糊的东西。

"这是我刚才在自动售货机买的润滑油。是海藻做的，入口也没关系。"

透明、拉丝的润滑油戏谑着发出规矩的强光。它让初美不知不觉想起了以前曾经看过的喜剧节目里的摔跤。初美被丈夫诱导着躺在了床垫上，软乎乎的床垫让后背感觉很舒服。感觉身体像是飘浮在太空里一样。终于要开始正戏了，初美却想不起要干什么了。丈夫伸手抓住了初美的胸。或许是润滑油的作用，丈夫的手温柔地抚弄着她，这倒让她想起了此前他的手有多么僵硬。

初美觉得丈夫就像是个勇敢的战士。或许自己也正在和他一起和某种巨大的东西战斗着，或许是与流逝的时光斗争，也或许是在与男女之间的真意抗争。人类自古就在与肉眼看不见的吞噬一切的怪物不断抗争着。两个人竟然这么傲慢、贪婪而又鲁莽。

骨关节开始痛了起来。实际上，初美根本不可能达到高潮，她已经想要结束了。对了，要快点儿让丈夫射出来——想到这儿，初美的大脑开始努力回想着丈夫怎样才能高潮。她在一片模糊的记忆中努力搜寻着方法。丈夫那莫名有些令人怀念的苦闷表情让初美感到了危机，要赶快让丈夫快活起来——她急得大汗淋漓，浑身湿透。

对了，他喜欢别人用舌头舔弄他的耳朵。她伸出两手用力地拉过他的头，然后用力伸出自己的舌头。可是，丈夫的皮肤黏滑，完成这个动作并不简单。好几次她都没能碰到丈夫的头。她狠命地伸出舌头，心里默默祈祷着要够到丈夫的耳朵。就在初美不甘心地回想着过去的自己身体有多么柔软时，丈夫的身体一下子趴在了她身上。

"啊，结束了？"

"……算了，我不行了，休息。"

看来，丈夫最终还是放弃了。

两个人并排躺在床垫上，良久地看着天花板。初美有些用脑过度，她在意的太多，结果完全没有感受到乐趣。这和她所希望的抛弃自我、浑身浸满香汗的结果相去甚远。久违的事情果然会变得生疏，初美最终还是没有找回她所追求的感觉。但是，她的全身就像是泡过热水澡一样舒服，她感到了一种不同以往的满足。初美有些后悔，要是刚才不顾及丈夫，再让时间延长一点儿就好了。

浴室乍看上去十分干净，可本该是全新的浴室却已经有些发霉了。那些情侣究竟是怎么使用的这间浴室呢？初美虽然没有洁癖，但脑补了很多令人恶心的画面后，她浑身一震。只有两个人彼此的呼吸声还在浴室里回响着，那声音触碰到天花板又回传给他们。初美突然想不起为什么他们两人会赤身躺在这里了。早在一个小时前，她好像还在自己家里叠着洗好的衣服来着？

"我说，咱们一会儿冲个淋浴，然后回家好好泡个澡好吗？"

初美知道丈夫还处于亢奋状态。这次初美率先说出了自己的心声。这并不是她所期待的 Happy Ending。她会一直坚守着心中的希望缓步前行，期待终有一天能和丈夫一起来一场灿烂如烟火般的爱抚。

"昨天我刷过浴缸了。咱们把这里舒服的泡澡粉带回去吧。不过，咱们还要再来这里哦。到这里来真是太好了。好多地方都很棒。它能建在咱们家附近真是太好了。老实说，我一直觉得咱们两个一辈子都是那样了，虽然我也觉得就那样也挺好的，但是到了这里我才感觉到，咱们还有多种多样的可能，我对咱们的未来充满了希望。"

"是啊，我再歇一会儿，然后就回去吧……"

不一会儿，丈夫已经轻轻闭上了双眼，他疲惫地呢喃道。初美终于越过黏腻的润滑剂抓住了丈夫的手，两人的手指紧紧交握在一起。

更 好 的 阅 读

出 品 人　沈浩波

特约监制　潘　良　于　北

产品经理　塞　翁

特约编辑　陈煦婧

版权支持　冷　婷　郎彤童

装帧设计　尚燕平

关注我们

官方微博：@文治图书

官方豆瓣：文治图书

联系我们：wenzhibooks@xiron.net.cn

图书在版编目（CIP）数据

夫人是疯狂的水果 /（日）柚木麻子著；胡静译.
—成都：四川文艺出版社，2020.8
ISBN 978-7-5411-5736-3

Ⅰ.①夫… Ⅱ.①柚… ②胡… Ⅲ.①长篇小说—日
本—现代 Ⅳ.① I313.45

中国版本图书馆 CIP 数据核字（2020）第 097297 号

OKUSAMA WA CRAZY FRUIT by YUZUKI Asako
© YUZUKI Asako 2016
All rights reserved.
Original Japanese edition published by Bungeishunju Ltd., Japan, in 2016.
Chinese (in simplified character only) translation rights in PRC reserved by Beijing Xiron Books
Co., Ltd., under the license granted by YUZUKI Asako, Japan arranged with Bungeishunju
Ltd., Japan through Bardon–Chinese Media Agency, Taiwan.
著作权合同登记号 图进字：21-2020-261

FUREN SHI FNEGKUANGDE SHUIGUO

夫人是疯狂的水果

［日］柚木麻子 著 胡静 译

出 品 人 张庆宁
策划出品 磨铁图书
责任编辑 王梓画 叶 驰
封面设计 尚燕平
责任校对 汪 平

出版发行 四川文艺出版社（成都市槐树街 2 号）
网 址 www.scwys.com
电 话 028-86259287（发行部） 028-86259303（编辑部）
传 真 028-86259306

邮购地址 成都市槐树街 2 号四川文艺出版社邮购部 610031
印 刷 三河市冀华印务有限公司
成品尺寸 145mm×210mm 开 本 32 开
印 张 6.5 字 数 134 千
版 次 2020 年 8 月第一版 印 次 2020 年 8 月第一次印刷
书 号 ISBN 978-7-5411-5736-3
定 价 42.00 元